くもりのち晴れ

辻 義則 著

◇エッセー集の発刊に寄せて

逞しいヒューマニズムで貫かれている

滋賀大学名誉教授　岡本　巌

今春、辻義則氏は滋賀県職員組合委員長を退任されることになりました。この退任を機に、在任中に連載した「コラム」をとりまとめて、出版することになったものです。

本書は二部からなるエッセー集です。第Ⅰ部は前記県職の機関誌に載せられた「くもりのち晴れ」と題するコラムであり、第Ⅱ部はこれも彼が委員長を務める滋賀県自治体労働組合総連合の機関誌の「京町3丁目」欄に連載されたものです。

これらのエッセーには、彼の心根の優しさがにじみ出ています。周りへの気配りの周到さが伝わってきます。そして一方では、横暴な権力に対しては一歩も退かず、敢然と立ち向かう姿があります。一見、相反するようですが、これが彼の真骨頂であり、逞しいヒューマニズムで貫かれています。信望厚く、永年にわたって労働組合を率いてこられた根幹もここにあると思われます。

辻さんが住民運動に情熱を傾け、その県職が常に運動の事務局を担当してきたこともよく知られています。かつては「びわこ空港」反対運動、現在は「新幹線新駅」阻止運動。いずれも県職を拠りどころとして執拗に住民投票を求め、多くの賛同署名を得てきました。

現県政の開発至上主義・排他的競争主義が続く限り、彼の闘いは止むことはありますまい。そして国政レベルでは憲法問題。彼からの年賀状に「今年は憲法を守る大事な年です」と決意の表明がありました。

好漢　辻義則さん、頑張れ！

「滋賀に辻あり」と畏敬される人

自治労連中央執行委員長　駒場　忠親

リーダーに必要な知識や知性とは何か。

「他人の身になって感じることができる、弱者の身になって感じることができる感性をもてること」、「政治家の言うことを鵜呑みにしないで自分で物を知ろうとする好奇心」。南アフリカ共和国の黒人解放運動指導者で、同国の初代大統領として知られる、ネルソン・マンデラ氏の言葉と言われている。

身の丈はさほど大きいわけではない。しかし武道で鍛えた体躯のせいか、英傑の雰囲気を漂わせ、威圧感で周囲を圧倒する。ある人は尊敬の念をこめつつ「異形の組合リーダー」と呼んだ。

そんな著者が何故「滋賀に雄あり」「滋賀に辻義則あり」と、組合員はもとより広く行政人や知識人からも慕われ畏敬されるのか。

本書は読者のそんな問いに十分なまでに応えてくれるに違いない。権威・権力に対する頑ななまでの反骨心。理不尽さに涙する仲間への激情。そして季節の移ろいに花開く草木に寄り添う柔らかな眼は、ネルソン・マンデラ氏の言葉と見事なまでに重なり合う。

ポンと音がして日傘が開き、その婦人の足元には陽炎が揺らめいています。この情景は美しかった若きころの母のイメージがあって心和みます。

真夏日の七月。ふるさと長浜で開催された「市町村合併シンポ」にちなむ随想での著者の心象風景だ。やさしいまでの感性が人を魅きつける。

さて本書で紹介される草木のひとつにコスモスがある。ちなみにその花言葉は愛情とされている。

くもりのち晴れ――目次

◇エッセー集の発刊に寄せて
逞しいヒューマニズムで貫かれている……滋賀大学名誉教授　岡本　巖　1
「滋賀に辻あり」と畏敬される人……自治労連中央執行委員長　駒場忠親　3

第一部　曇りのち晴れ　13

お寺の鐘が徴用された時代▼―1994.5.19……14
長寿を慶びあえる社会へ▼―1994.5.23……15
大切にしたい子どもとのふれあい▼―1994.6.17……17
起ち上がった女子学生▼―1994.8.5……18
ヒロシマでの村山総理▼―1994.8.12……20
びわ湖の水位と水問題▼―1994.9.6……21
アルバイト・スチュワーデス問題▼―1994.9.13……23

第二部　京町三丁目

「むじんくん」の奥のアリ地獄▼──1997.12.15……143
ヤクルトおばさんのこと▼──1998.4.27……144
サッカークジ「toto」▼──1998.4.27……146
県の公金横領事件ともみ消し疑惑▼──1998.8.1……147
彼岸花と日本の農家のこと▼──1998.10.8……149
朽木村に響く声──「びわこ空港はいらない」▼──1998.11.19……150
養護学校で恩師との出会い▼──1998.12.8……152
現代版「楢山節考」と介護保険▼──1999.4.5……154
戦争の血で白衣は汚さない──看護師の決意▼──1999.6.5……155
川田龍平くんと厚生省課長の対決▼──1999.7.23……157
一九九九年を締めくくる「あかさたなカルタ」▼──1999.12.10……158
変わらぬ警察の体質と労働組合▼──2000.3.15……160
五〇〇〇万円を超える恐喝事件のこと▼──2000.4.19……162
「不作為の作為」による犯罪▼──2000.7.25……163
潜水艦に閉じこめられた一一八名の命▼──2000.8.30……165
シドニーオリンピックと朝鮮半島の危機▼──2000.10.4……166
身近に起こった「おやじ狩り」事件▼──2001.12.23……168
現代学生「百人一首」がおもしろい▼──2001.2.23……169
とうとう始まった「toto」▼──2001.4.5……171

●カバー・表紙　装画――柴辻嘉平　題字――吉田和夫

第Ⅰ部

曇りのち晴れ

お寺の鐘が徴用された時代

――1994.5.19――

ナチスドイツによるユダヤ人虐殺を措いた映画『シンドラーのリスト』が好評を博しています。この映画を見る人々には青年層が多いのも特徴だそうです。心強い限りです。

また、この映画を見て、戦争犯罪を告発しつづける国の存在と、それを支える民主主義の力を感じます。

戦争犯罪を明らかにすることを拒否し、「でっちあげ」と平気で語る人物が国務大臣として任命される国に暮らす一人として、落差の大きさも感じます。日本国憲法には「内閣総理大臣その他国務大臣は文民でなければならない」との規定があるにもかかわらず、職業軍人である人（あった人）を任命した総理の見識も問われます。

永野茂門法相が「南京大虐殺はでっちあげ」と発言し、内外の批判によって辞任したという今回の問題は、かつての戦争を「侵略行為があった」としか語らず、侵略戦争であったとは絶対に明言しない歴史観をもつ人々によってこの国の政治が行われていることを、はしなくも露呈したものです。そしてなによりも、この内閣が、「北朝鮮に対するアメリカの制裁」に協力するための戦時立法である、「有事立法」の制定を狙っての布陣であったことを示すものです。後方支援のために民間からの物資調達を進めることなどを目的とした法整備が、村の寺の鐘が徴用された時代の繰り返しとならない保障はありません。

そのつぎには「人間の調達」のための法整備……とならないよう、取り組みを強めなければなりません。

長寿を慶びあえる社会へ

――1994.5.23

五〇代で働きざかりの人間がアルツハイマー病に侵され、記憶を失っていくドラマ『消えない記憶』が先日放映されていました。池内淳子、杉浦直樹の好演もあって「見せる、考えさせる」ものでした。

人は誰でも、自らの「老い」に立ち向かわなければなりません。

ある本に、「定年後の生き方について四〇代で準備できる人のみが生き生きとした老後を送ることができる」と書かれていました。

四〇代といえば文字どおり働きざかり。そんな時に二〇年後、三〇年後の「老いた自分」など考えられないのが普通かもしれません。むしろ、その余裕もないというのが現実でしょう。今、政府によって「高齢化社会危機論」がさかんに宣伝されています。科学と医療の発展などに支えられた「高齢化社会」が、「長寿を慶びあう」とされず「危機」の要素として喧伝されるだけに異様なものがあります。

「高齢化社会」を前に政府が進めようとするものは、病院給食の自己負担を内容とする医療費の改悪や年金改悪など、憲法二五条に規定された社会保障全体に対する改悪攻撃ばかりです。

また、高齢者・年金生活者にとっては、もっとも大きな打撃となる消費税率のアップが押し付けられようとしています。

「連合自治労」が、これの後押しを始めたというのも驚くばかりです。就業人口で支える全人口は、現在も二〇二〇年も、ほぼ一対二で、その割合は変わらないことは政府も先刻承知のはずです。

自らの「老い」に立ち向かうこととあわせて、「長寿を慶びあえる」社会を実現しなければなりません。

大切にしたい子どもとのふれあい

――1994.6.17――

四〇代のサラリーマンが平日、家族全員と過ごす時間は一日平均一時間八分だそうです。「国際家族年」の今年、民間企業による首都圏、近畿圏のビジネスマンを対象とした「家族とのふれあい」についてのアンケート結果です。

県職員の場合、どの程度になるのでしょうか。

朝早くの出勤と夜遅い帰宅の繰り返しのなかで、久しく子どもの顔を見ていないと嘆く声も多く聞かれます。新聞の投書欄では、毎日帰宅する夫の時間を記録しているという主婦の声もありました。「過労死」となったときの万一に備えてというものですから、事態は深刻です。諸外国から「死に至るまで働く国民」と指摘される、異常さが浮かびあがってきます。

大人社会の異常さは子ども社会にも投影され、学校、塾、クラブなどに「忙しすぎる子ども」の状況が「家族全員そろってのふれあい」を困難にしているとも先の調査結果は報告しています。

別に、教職員組合の調査では「家庭の中で父母と対話する時間の長い子どもほど成績がよい」という傾向が明らかになっています。とりわけ、「父親と対話する小学二、三年の低学年では顕著」という結果がでています。また「父親と話をする時間の少ない子どもは社会性がない、攻撃的、(中略)学校不適応の傾向が大きい」とまで言われています。

「わが子だけは例外、大丈夫」と思いたいのが人情ですが、どの子にも心豊かな成長が保障されるよう、今や、当然のことのようになりつつある長時間労働についてを真剣に考えなければなりません。

なによりも、異常さを異常と感じなくなることをもっとも恐れます。

起ち上がった女子学生

1994.8.5

照りつける日差しのなか、リクルートスーツにピシッと身を固めた若い女性を街で見かけます。社会に飛びたとうとする人々がもつ凛々しさに、ハッと心打たれるものがあります。

ところが、今年の就職戦線は「新規採用ゼロ」を決定する企業などもあって、昨年にもまして厳しい状況にあるようです。不況と円高を好機とばかりに、国内での首切り、「合理化」を推進しつつ海外へ生産拠点を移し、産業の空洞化を推し進める大企業の横暴には目に余るものがあります。

そうしたなか、女子学生に対する就職差別は特別にひどいものとなっており、ついに「わたしたちだって働きたい」とリクルートスーツによる抗議デモが起きました。

デモ後の労働省交渉で、ある学生は労働大臣に「親が定年を迎えるのでどうしても働きたい」と涙ながらの訴えをしたと報道されています。

女子を採用する予定もないのに、体裁だけ面接を行い、最後に「今年は女子は採用しない」といったケースもあるようです。

さらにひどいケースでは、自分の性格について「忍耐強い」と言ったら、目の前で履歴書を破られて、「これでもですか」と言われたとか、「スリーサイズは」「彼氏とは、どこまでの関係?」と質問されるなどのひどい「セクハラ面接」もあるようです。

なんら罰則規定のない、「雇用機会均等法」の無力さを示しています。

ついに「悔しくて、やってられない」と起ち上がった女子学生の思いを、しっかりと受けとめたいと思います。

ヒロシマでの村山総理

——1994.8.12——

広島・長崎に原爆が投下されて四九年という長い年月が経過しました。この長い年月と悲劇の大きさにもかかわらず、人類はまだ「悪魔の兵器」といわれる核兵器を廃絶するに至っていません。被爆五〇周年を前に「人類が作りだしたものを人類が廃止できないはずがない」との常識を、現実のものにする取り組みを強めなければなりません。

そうしたなか、県職の代表も参加した原水爆禁止世界大会や、八月六日と九日に開催された、それぞれの平和祈念式典で、「ノーモアヒロシマ・ナガサキ」の思いがあらたに確認されています。

とくに、原水爆禁止世界大会国際会議で採択された「広島宣言」は、核拡散防止条約の無期限延長が、核廃絶の願いにそむくものであることを明らかにしつつ、核兵器全面禁止・廃絶の国際条約の締結こそ緊急の課題であることを鮮明にした点で、今後の運動の方向をも示すものとなっています。

また、平和祈念式典では、広島・長崎の両市長がそれぞれ、核兵器の使用が国際法に反するものであることを明確にしつつ、核廃絶の実現と核拡散防止条約の無期限延長に反対することを高らかに宣言し、被爆者援護法の制定を強く要求しています。

両市長による「宣言」の格調の高さとは対照的に、「究極の廃絶と援護対策の充実」程度しか述べられなかった村山首相には、「献花なんてやめろ」のヤジさえ飛ばされたほどです。

「どちらかといえば村長タイプ」とヤングから評される社会党総理ですが、それは風貌の問題よりも「質」に対する問題であるのかもしれません。自民党をして「感激した」と言わせるほどの変質をとげた政党の理念喪失が浮かびあがった式典でもありました。

──1994.9.6──

びわ湖の水位と水問題

九月に入り、カレンダーの写真だけは秋景色となったものの、相変わらず雨の降らない真夏日が続きます。

びわ湖の水位はついにマイナス一〇四センチを越え、一五〇センチも時間の問題とさえ言われています。

水不足に悩む県や市の話が伝えられるたびに、かけがえのないびわ湖のありがたさを感じていましたが、すっかり渚の干上がったびわ湖を目の当たりにするにつけ、琵琶湖総合開発事業による「水位低下一・五メートル」問題について改めて考えさせられます。また、今回の水不足に乗じて「だからダム建設が必要」との単純な論理もいただけません。

そもそも、今回の経験を通じて「水浪費型の社会システム」を見直すことが求められているようにも思います。

すでに知られているとおり、「東京ディズニーランド」や「両国国技館」では、使用後の上水あるいは雨水をそれぞれ水洗トイレや冷房などに活用する方式が採用されています。また、山間部の市町村では、地下水を「つくり、保全する」方策も積極的に推進されています。この点に関していえば、日本の水田が果たしている役割も正当に位置づけられなければなりません。さらに、水資源をかん養する山と緑を保全することの重要性は言うまでもありません。

今回の水不足を重要な機会として、一人ひとりの「節水」はもちろんですが、なによりも「水は有限」という認識のもとで、「水資源浪費型の社会システムの転換」を図る必要があります。また、「降った雨をいかに早く流すか」を基本とした「雨水を拒否する都市づくり」でいいのかという検証が必要です。

アルバイト・スチュワーデス問題

―― 1994.9.13 ――

「アルバイト・スチュワーデスでは空の安全は守れない」との大臣発言に無条件に賛意を表明します。

スチュワーデスには、航空法施行規則に基づく保安任務があり、単なる接客要員ではありません。

あるベテランのスチュワーデスは、「とにかく機体の異常を発見できるようになることが大事」、「異常な振動とか、いつもと違う匂いを早く察知しなければならない。でも、異常を異常とわかるまでには、正常な状態を何回も経験しなければなりません。そうして私たちが、事故を未然に防止した例も多い」と語っています。

「いざというとき、アルバイトでは安全は守れない。スチュワーデスが一致して対処しなければならないとき、身分待遇がバラバラでは航空安全上も好ましくない」「リストラを言うなら、肥大化した役員数こそ減らすべき」との言説は道理があります。

さっそく財界からクレームがつけられていますが、これに対しても「一九世紀の悪い経営者にまま見られた考え方。安全や働く者の身分保障と権利に注意を払わず、労働者を搾取して儲ければいいという考え方が根底にある」と痛烈です。

ところで、今回の問題を通じて理解に苦しむのがマスコミの対応です。大量交通機関でなによりも大切なのは人命最優先であることを視点にした議論はまったくありません。大臣発言をやり玉にあげ、「安上がりとリストラ合理化に忠実であることが正義」であるかのような喧噪ぶりです。

細川政権賛美と政治改革を煽り、小選挙区制導入に道を開いた体質に対する、自己分析は行われていないようです。世界に例を見ないマスコミが、まるで「金太郎アメ」のように単一であることが気になります。

「全体の奉仕者」との権利宣言

——1994.10.4——

住民全体に奉仕する自治体労働者の職務を権利として位置づけ、その権利が「保障されなければならない」ものとする『自治体労働者の権利宣言』が、先の自治労連大会で決定されました。

この権利宣言は、「憲法が保障する政治的・市民的自由をはじめとする基本的人権や労働基本権と国民全体に奉仕する職務を遂行する権利が一体のものとして保障されてこそ、住民の願いと期待に応えることができる」としている点に最大の眼目があります。

それは、「自らの権利に曖昧では住民の権利にも曖昧になる」という認識のもと、自治体労働者が「国民全体への奉仕」を職務とする者であることを踏まえ、「住民の健康で文化的で平和な生活のために、仕事を通じて努力することを責務とし、誇りとしたい」との願いに基づいたものです。

今日、憲法の国民主権、基本的人権、平和主義、地方自治、議会制民主主義などの民主的原則が踏みにじられようとしているとき、労働組合が改めて国民全体への奉仕を職務とすることを確認し宣言すること、とりわけ三〇万人が参加する自治体労働者の全国組織が「権利」として、これを宣言したところに大きな意味があり、画期的でもあります。

また、自治体でのゼネコン汚職が伝えられるとき、「自治体労働者は首長、上司などの職務命令に対しその内容に重大な瑕疵がある場合、職務命令の遂行が住民の基本的人権を侵害するおそれがあるとき、これを拒否する権利を有する」との規定は、まさに先駆的でもあります。

「われわれは政権与党」であり「もはや保革の対立はなくなった」などと称して、年金改悪、米輸入自由化、消費税アップの悪政を推進する側に転落した、連合自治労の「参加と改革」路線とはあまりにも対照的で、「さわやかさ」を感じます。

妻の二人に一人が「離婚を考えたことがある」

——1994.12.6——

既婚男性の皆さん、あなたは自信ありますか。

医療器具メーカーが、首都圏に住む五〇代の男女各二五〇人に行った「夫婦のきずな」についてのアンケートがあります。夫の場合は、配偶者について「不満なし」が三〇％でトップでした。それに対して、妻は「身勝手」「思いやりに欠ける」などの項目で、いずれも夫を上回り、「離婚を考えたことがある」については、夫の二〇％に対して妻は四六％と大きく上回っていることが明らかになりました。つまり、妻のうち二人に一人に近い人が「離婚」を考えている、考えたことがあるということです。

また、総理府が行った夫婦別姓に関する世論調査結果では、「賛成」二七・四％に対し「反対」が五三・四％でした。「反対」が過半数を占めていますが、制度導入に賛成の人はすでに四人に一人を超える水準に達しています。支持派は、とくに都市部の若年女性に多く、二〇・三%の女性が、「実際に導入された場合、別姓を希望する」と答えています。

新聞紙上で報道されたこの二つの記事からは、女性に対する就職差別や昇任昇格賃金差別などに見られる、「男性中心の社会構造」に対する女性の側からの鋭い告発と意識の変化が、深く確実に進んでいることが浮かび上がってきます。「会社のため、家族のため」と思って働きつづけることが美徳であり、唯一価値あるものと錯覚していると大変です。すでにテレビのあるCMでは、父親と息子がキャッチボールをするシーンのなかで、その父親に「会社なんて、あてにするなよ。会社なんて、いい加減なものなんだから」という台詞を語らせています。これは、企業の側からの日本型終身雇用の崩壊を示唆するメッセージであるのかもしれません。しかし、世の「親父」たちの生き方に対する警告を含むものであることも確かです。

――1995.1.27――

震災で一番に駆けつけた市民

阪神大震災の惨状は、涙なしには見られません。県職が呼びかけた支援カンパと救援物資について、職場から多くの協力をいただいています。「私にできることを何かしたい」との願いに応え、行動してくれる労働組合が職場に存在することの「値打ち」を知った、との声も寄せられています。

特別な要請も十分できていなかったのに、当日のトラックへの積み込みには、県庁や支部での作業におよそ七〇名の方が参加してくださいました。また、組合が支援物資を届けるために、西宮にむけてトラック四台を走らせた二一日の深夜は、国道も高速道路も「救援物資輸送中」と表示した車輌で大渋滞でした。この大渋滞のなかで、改めて「人の痛みをわがこと」と受けとめ、自発的に迅速な行動を起こす国民の良心が、健在であることに感動を覚えました。

これとは対照的に、この国の政府と政治が国民の水準からは大きく掛け離れ、遅れたものであることも見せつけています。横浜市長の「国の指揮がまったく動いていない。絶望というか憤りすら感じる」との談話をはじめ、ドイツ・フランスの各紙が「見かけ倒し、経済大国日本の行政」、「世界第二の経済力を誇る国で被災者が飢え、震えている」と、それぞれ政府の対応の遅れと無策を批判的に報道しています。

安全保障といえば、軍隊を外国に派遣することしか考えない政府に対し、「国政の基本は国民の安全と財産を保全することである」との声を強めることが求められているようです。

神戸から届いた礼状

―― 1995.3.14 ――

春の訪れを期待した強い風も、北風だったため「春一番」ではなかったようです。それでも、長浜の盆梅展が終わり、庭先にはいつの年だったか、正月の寄せ植えを降ろした福寿草が可憐な花を咲かせています。そして、木蓮も蕾みを膨ませています。そんな日に兵庫自治労連委員長から、震災の救援活動に対する礼状が寄せられました。

あの震度七の激震も知らぬげに、今年も梅の花が咲き、沈丁花が香りをふりまいています。ようやく街も、倒壊した家屋の解体撤去が進みつつあります。空き地を見るたびに、そこで暮らしていた人々の生活を思い、亡くなった者たちの無念さが胸をつきます。（中略）自らも被災し、「帰る家もない。全壊だ」と言いながら、徹夜で救援物資の搬出入に従事する職員。そして翌日には、いち早く被災地に駆けつけてくれた自治労連の仲間の組織性と機敏性。この個人と組織が「住民のいのちと暮らしを守る」原点を共通の使命として奮闘する姿に接し、自治労連運動の一端を担っていることに誇りさえ感じました。ありがとうございました。

わずかばかりの救援活動でしたが、そこで出会った人々の顔が思い出され、胸に迫るものがあります。

「頑張って下さい」としか言いようのないもどかしさとともに、つらく長い避難生活が政治の貧困によって押しつけられているときだけに、いつにもまして「春」の訪れが痛切に待ち遠しく感じられます。

三国岳と夜叉ヶ池を訪ねて

――1995.5.16――

ブナの木立を吹き抜けた風が頬をなでて通る、そのときの心地よさが、春山登山の魅力のひとつです。

北アルプスの大雪渓を思わせる登山道を越えると、山の頂きにある大きな池、夜叉ヶ池を連休の日に訪れました。

登山道の入口にある渓流の対岸には石楠花が咲き、山には辛夷《こぶし》や山桜、さつきの花が新緑のなか、色鮮やかに咲いています。比良の人の多さとは対象的な静けさも、湖北の山の魅力です。

福井・岐阜・滋賀の県境にある、この夜叉ヶ池に至る国道三〇三号線の途中、金居原を過ぎたところに八草峠があります。この県境の奥地に揚水ダムを建設する計画が進んでおり、すでに電力会社による測量がはじまっていて、立ち入り注意の立て札が立てられています。とにかく、「自然」に手をつけるべきではない、と主張するつもりはありませんが、この緑豊かな奥地にダムを建設するという、「人の営み」の無粋さに心痛むものがあります。

大江健三郎さんは「癒される者」と題した講演のなかで、アメリカの外交評論家ジョージ・ケナンの言葉を引用して次のように語りかけています。

われわれはその所有者ではなく、単に保管者なのである。それは、われわれより無限に大きく、重要ななにものかである。それは全体であり、われわれは単なる部分である。われわれはそれを受け継いだのだ。しかも、次のような暗黙の義務とともに。それを慈しみ、よく保ち発展させ、望むべくは改良して、あるいは少なくとも壊さず、そのまま後にくるべき者に渡せという、そのような暗黙の義務とともに。

かみしめたい言葉です。

『日本一短い母への手紙』から

――1995.6.6――

『日本一短い母への手紙』が好評です。「桔梗がポンと音をたてて咲きました。日傘をさした母を思い出しました」などなど秀作が数多く、それぞれの母への思いが伝わってきて、ウンウンとうなずいたり、思わず涙ぐんだりします。幅広い年齢層の「子ども」たちから伝わってくる母への思いを通じて、その時代を生きた日本の「母親」が浮かび上がってきます。

そして、同じ時代を生きた母を持つ人が綴る手紙には、自分の母親への思いが重なり心温まるものを感じさせます。「町おこし」と言えば「博覧会」しか思いつかない自治体が多いなか、中野重治生誕の地であり、『一筆啓上』で有名な丸岡城のある町、福井県丸岡町が行ったこの事業に喝采をおくります。

少し趣は違いますが、滋賀県では、作家の木下正実氏と川柳作家の平賀胤壽氏が共同で著した句文集が出版されており、「川柳とエッセーの出会いは文学界において画期的」と評されています。

平賀さんの川柳三五〇句と、その中から選ばれた五〇句に木下氏のエッセーが付けられており、この二つの織りなす妙が、薄もやのかかったモノクロ写真のように、ひと時代前の日本の農村の風景と暮らしを浮かびあがらせます。

そして、この本のタイトルにもなっている「生きるとは　にくやの骨の　うずたかし」とは、迫力です。

活字離れがすすむなか、短い文章と川柳を切り口としたふたつの文学から、短い文章が持つ力を教えられます。

最後に、『日本一短い母への手紙』のなかから傑作をひとつ。

おかあさん　おならをした後の　どうもあらへん　という言葉が私の今のささえです

——1995.7.28——

就職戦線「超氷河期」の時代

竹久夢二の絵のように、真夏日の厳しい日差しのなか日傘をさした女性が、陽炎《かげろう》の中に浮かびあがります。美しい日本のひとつの情景です。

一方、いつから始まったのか求職活動をする若人の「リクルートスーツ」も、今や真夏日の

「風俗」として、すっかり定着してしまったようです。

異常な円高とリストラ合理化が進められるなか、今年の就職戦線はかつてなく厳しいものがあり、「超氷河期」とさえいわれています。

次代を担う若者に働く場所がなく、女性であるというだけでそれに挑戦する機会さえ保障されない社会は、異常としか言いようがありません。

今年、就職期を迎える青年の両親の多くは、戦後第一次ベビーブームの世代です。親の時代も「過当競争」でしたが、その子どもたちには、さらに輪をかけたような「苛酷な時代」となってしまったようです。この異常円高と産業の空洞化による「大失業時代」が、「会社人間」と言われるほどに働きすぎ、働かされすぎた結果つくりだされたということも事実です。

低賃金と長時間労働によってつくりだされた「強い国際競争力」がもたらす円高にメスを入れるのは、政治の責任です。わずか数十社といわれる大企業の異常な国際競争力を弱めるために、中小企業にたいする不当な「単価の切り下げ」などに規制を加えることが、なぜできないのか、いつも残る疑問です。

にもかかわらず、「一層の生産性の向上」と「円高とともに生きる覚悟」を説く、政府の経済白書には驚くばかりです。

忘れてはならない、あの戦争の真実

1995.9.5

内閣改造と同時に行われる、恒例の新大臣による記者会見で、先の戦争についての認識を問われて、「戦争はもともと侵略のやりあいっこ、一方だけが悪いかのように、いつまでもほじくるべきでない」という「どっちもどっち」論による侵略戦争の正当化と、開き直りの発言が飛び出しました。

昨年五月の羽田内閣発足の時、「南京大虐殺事件はでっちあげ」と発言して首が飛んだ大臣がいましたが、今回の発言についても、さっそく韓国や中国から抗議の声があがっています。

海外からの批判だけを扱うマスコミ報道のあり方に疑問も感じますが、内閣改造のたびに繰り返される、この種の発言を通じて「この国の政治家の水準」を熟知している国民のなかに「シラケ」があるのも事実かもしれません。

逆に、「シラケ」から「慣れ」を作り出すために、あえてそれが繰り返されているのではないかとさえ思えてきます。

「ウソも百遍言えば、真実となる」というヒットラーの教訓を、今に生き返らせないための

「感性」が求められています。その「感性」を保ち続けるうえでは、一四日にＮＨＫが放映した「死者たちの声　大岡昇平『レイテ戦記』」は圧巻でした。

飢えのため、人肉を食べる日本兵を目撃した現地の人の証言や、銃剣を突きつけられ強姦されるに任せるほかはなかったというフィリピン女性の発言など、「日本が白人からの解放を進めた」などという侵略戦争美化論を完膚なきまでに打ち砕きます。

そして、「レイテ島の戦闘の歴史は、健忘症の日米国民に、他人の土地で儲けようとするとき、どういう目に遇うかを示している。それだけでなく、どんな害をその土地に及ぼすものであるかも示している」という結びの語りは、実に印象的でした。

牛乳パックとお年寄りの話

――1995.9.13――

牛乳パックをあけるとき、失敗したことはありませんか。うまくきれいに開けられなくて尻漏れしたり、コップに入れようと思ったら一気に出てきてこぼれたり……。開封したのが反対側だったこともあります。

子どもたちは、この種の失敗をほとんどしないのを見ながら、「それほどの歳でもないのに、指先に力が入らなくなったのか?」と思いつつ、自らの不器用さを嘆いていたとき、お年寄りの独り暮らしの方からの新聞への投書に、「パック牛乳になってから牛乳が飲めなくなった」とあるのが目にとまりました。

何気なく、自分の不器用さの問題として片づけていたことが、「牛乳が飲みたくても飲めない人」の問題につながっていると気がついたときは驚きでした。これからの社会、こんな小さなところにも配慮が求められていることは確かです。

滋賀県はこの一〇月一日、「住みよい福祉のまちづくり条例」を制定しました。

健常者にとって何でもないデコボコが、車椅子を必要とする人にとっては大きな山にも匹敵する、という話はよく聞かれるところです。「車椅子体験」による街角チェックも行われてきました。

こうした世論と運動の高まりを背景に制定された条例は、「あらゆる人々が個人として尊重され、いきいきと生活し、完全参加と平等を享受できる社会こそ、私たちがめざす社会である」、「住みよい福祉のまちづくりを進め、これを未来に引き継ぐことを決意する」と高らかに謳い上げています。一歩前進です。

「障害者にも汽車の旅を」と始まった「ひまわり号」も、今年で一〇年をむかえます。県職は今年も一五日、障害者の夢を乗せて「ひまわり号」を走らせます。
ところで、最近わが家に届けられる牛乳パックには「ツメ」がつきました。

木之本保健所をなくすなと集まった人々

——1995.12.11——

一二月に入ったとたん、湖北・湖西地方にはみぞれ混じりの雨の日が続いています。早いもので、もう師走です。

大きな成果をあげることができた確定闘争の後、息をつく間もなく、地域の公衆衛生を守る保健所の統廃合反対の運動が取り組まれています。

一二月一日に結成された「木之本保健所をなくされては困る会」は、ふだん私たちにとってなじみの薄い、木之本町内の区長さんや管内四町の健康推進委員の方など、多士済々の集いとなりました。伊香郡四町にとって、保健所の廃止がいかに「とんでもないこと」かという証しでもあります。飛び入りで、町長さんも激励のあいさつに見えました。

そんな会場へ、いの一番に駆けつけられた一人の年配の方がありました。聞けば、新聞折り込みで入っていた組合のビラを見て駆けつけたとのこと。保健所の移転新築時には町会議員として、関係機関へ陳情に走り回ったことなど、思い出話がポンポン出てきます。「せっかく造った保健所がつぶされるなんて、じっとしておれなかった」とのことでした。

何のシナリオもなく、この方も含めて会の役員が選出されました。

そして、いきなり閉会のあいさつをお願いしたところ、「今、住民パワーが大切。沖縄の知事さんも住民パワーに支えられてがんばっている。びわ湖の半分の面積を持つ郡内から、保健所がなくなるなんて許してはいけない。知事さんにもお願いに行こう」と力強い挨拶。

湖北しぐれの冷たい夜に、また一人素敵な人に出会うことができました。

「カラ出張」問題、北海道庁と滋賀県庁の違い

1995.2.6

「官官接待」と空出張などによる裏金づくりで、北海道庁に対する批判が高まっています。

その内容も、空出張から空会議、空講演会などなど、すさまじいものであり、「道庁ぐるみ」の不正に対する批判は、当然のことです。公立学校からは空出張で生み出された裏金が、教育

委員会に「上納」されていたというのですから、まるでヤクザの世界です。

およそ二十数年前、滋賀県庁でもよく似たことがまかり通っていたといえば、若い職員の方にとってはショックかもしれませんが、事実です。

職場での空出張による裏金づくりと宴会行政がまかり通っていた時代、県政は一部利権屋と結びつき腐敗を極めていました。当時、この県政を批判する「県職」には分裂攻撃が加えられ、経理を担当する庶務係からは組合員がすべて排除される「差別」がまかり通っていました。

当局によるアカ攻撃と差別のなかで少数組合となりつつも、「県職」が血のにじむような闘いを通じて県政の歪みを正してきたことは、今や語り草となった感がありますが、忘れてはならない歴史的教訓です。

くだんの北海道庁には、連合自治労の主力組合といわれる労働組合が、横路知事与党として君臨していました。今、この労組は当局と一体となって、公費返還のために一〇億円を目標に、組合員に対し一人一万円の強制カンパに取り組んでいる、といいますから呆れたものです。これでは、自ら同罪であることを認めたものであり、結局「道庁ぐるみ」は「労使一体」のものであったことを示しています。

職場に健全な労働組合が存在するかどうかが大きな分岐点となって、二十数年の時間差が北海道と滋賀県に生じていることだけは確かです。

「人間の鎖」が官僚を追いつめた

1996.2.21

HIV訴訟を闘う人々が、とうとう厚生省に謝罪させました。原告患者の人々による、文字どおり生命をかけた座り込みの結果、厚生省が「薬務行政に重大な落ち度があった」ことを認め、「厚生省を代表して心からおわび申し上げます」と、厚生大臣が謝罪しました。

二月一六日、雪まじりの雨が降るなかでの「これ以上、一人でも殺されてたまるか」「私たちには時間がない。一日も早く一人ひとりに謝って」という訴えを経て、ようやくのことです。「あやまってよ、厚生省」の横断幕を掲げた薬害患者と彼らを支援する人々によって、厚生省が「人間の鎖」で包囲されたとき、同省の幹部をして「グサッときた」と言わせたのが昨年のことでした。

この運動が大きく広がる契機となったのは、「薬害に対する怒りと、厚生省に謝らせたい」と提訴した川田龍平さんが、「この裁判に勝ちたい、薬害のことを多くの人に知ってもらいたい」と、実名公表に踏みきったことからでした。「国は、いままで従軍慰安婦問題でも、水俣病問題でも責任をとっていない。責任を認めない日本社会を変えたい」と語る川田さん。「死の恐怖と向き合う」二〇歳の青年が語る「今、一番生きている実感がする」という言葉のさわやかさと人間的な大きさが、輝いて見えます。

今回の薬害エイズ問題を通じて、この国の政治が、人間の生命よりも企業の利益を優先する犯罪的なものであることが明らかになりました。また、厚生省の官僚と一部御用学者は責任を認めようとせず、事実さえも隠しつづけようとする醜さを自らさらけ出しました。

―― 1996.3.5 ――

世界一高い日本の大学

雪化粧をした比良山系が、春霞みの向こうに浮かびあがる景色が絶妙です。冬景色と春の日差しが交差する季節。なんとなしに心躍るものを感じます。

県下の公立高校では卒業式も終わり、社会へ飛び立とうする子どもたちも大勢います。社会人となることへの不安と期待に胸ふくらませる初々しさは、見る者の心を洗います。また、大学への進学を希望する子どもたちにとっては受験戦争も最終盤。学歴だけが人生のなかでもっとも価値あるものかのように扱う社会のなかで、耐え難い重圧に必死に耐えているのではないだろうか、と心が痛みます。

最近、自身が大学受験にむかうわが子を見送る機会がありました。親の手の届かないところへ、そして、なんの手助けもしてやることができないところへひとり立ち向かっていこうとする子に、つくづく「いとおしさ」を感じたりするのも「親バカ」の証左なのでしょうか。意外とサバサバしているのを見て、ほっとしたのもつかの間「どうやった」と口に出てしまうのがまた、凡人の親の悲しさです。

その後、届いた都内の私立大学からの合格通知には驚かされました。「おめでとうございます」という文書とその他の書類とともに送付されてきた納入通知は、ゆうに一五〇万円を越えています。これだけの金額を、いや下宿のことなども考えれば、この倍近い金額の用意がなければ行きたい大学にもやらせてやれない。

これが日本の現実です。諸外国には例を見ない、親の負担能力を越えた異常に高い教育費によって、教育における機会均等の原則が事実上、死文化しつつあります。

ＪＲでの事故と「儲け第一主義」

——1996.5.8——

ＪＲになってから、ホームでの悲しい事故が各地で発生しています。

少し前になりますが、新幹線三島駅で高校生がドアに手を挟まれたまま、引きずられて死亡するという、痛ましい事故がありました。つい先日も、北海道で、女子中学生が毎日の通学に利用している無人駅で警報がなっていたものの、反対側に止まっている電車に乗るために、その警報も停車中のものと勘違いして踏み切りを渡り、列車に跳ね飛ばされ死亡するという事故が起きています。

県内でも、よく似た事故が相次いでいます。

九四年に開業した南草津駅では、同年に、ホーム上で通過列車に巻き込まれての死亡事故が起きています。また、九五年の一二月には、湖西線志賀駅で女性が電車に接触してホームに転落し、重傷を負うという事故もありました。そして、今年二月には篠原駅で、目の不自由な人がホームから転落して、新快速に跳ね飛ばされ亡くなるという痛ましい事故がありました。気づいた人が叫んで駅員を呼んだものの、誰も出てきてくれなかったとのことです。その日、ホームには雪が積もり滑りやすくなっていたといわれていますが、この方は島根で行われるマラソンに出場するために出かけたもので、いつも使っている駅での事故でした。

ＪＲで新快速を運転するベテランでも、「恐怖感を感じる」というほどに通過駅でスピードを落とすことが許されない過密ダイヤのもと、ホーム要員の削減と駅の無人駅化が「利潤第一」のもとで進められています。もはや、偶発的な事故では済まされない事態です。ＪＲの経営を「安全第一」に切りかえることが求められています。

母子家庭の餓死事件をめぐって

――1996.5.14――

揚げたてのタラの芽と筍ワカメ。そして鰹のつくりには、渓流で採取したばかりのワサビが添えられて、運ぶ熱燗の杯。家族そろっての夕食に優るものはありません。季節はずれの寒さとなった連休も、あっという間に過ぎてしまいました。

毎年繰り返される「連休」報道。今年も一〇〇〇万人を超える人々が行楽に出かけ、海外へも五〇万人を超える人が出かけたと伝えられていました。

五月の連休といえば「田植え」と、お決まりの方が多いのも県内事情のひとつ。こうした事情にある人々のなかには、やっかみ半分もあって「天気は悪い方が良い」などと思っている方も多いのですが、ちょっと今年の寒さは身に堪えるものでした。

忙しい農作業の合間を縫って、あるいは手軽さもあって、「連休の楽しみのひとつは山菜採り」という方も多いはず。最近では、トマトやキュウリなど季節に関係なく食卓にのぼる野菜が多くなってきているなか、「旬を食べる」という点で、山菜は格別です。

でも、そんな「食談義」に花を咲かせてばかりもいられません。

「最後の食事が終わった。もう明日から食べるものがない。早く死にたい」というメモを残して、東京で、四一歳の寝たきりの息子を抱えた母子家庭の親子二人が餓死していたとの報道。それこそ背筋に冷水を浴びせられるものでした。これが、「豊かな国—日本」のもうひとつの現実でもあります。

そして、もうひとつ背筋を寒くさせたもの。それは、その記事にあった福祉事務所長の談話——「相談のないものは対応のしようがない」です。違うはずです。これでは、憲法で保障された「最低限の生活を営む権利」と、それを保障する生活保護はなんのために存在するのか、ということになります。せめて「もう少し、早く手を差し伸べられなかったかと、そのことが悔やまれる」ではないのでしょうか。

金居原揚水ダムとイヌワシ・クマタカ

――1996.6.6――

イヌワシ・クマタカの数少ない生息地である新緑の山峡、滋賀県余呉町の金居原と八草峠を訪ねました。

イヌワシ・クマタカの写真家で有名な須藤一成さんに案内していただきました。山峡を眺めることしばし、「稜線をいま、クマタカが飛んでいます」という須藤さんのアドバイスで、五月の青空を悠々と見事に飛翔するクマタカを、この目でしかと捉えることができました。

併せてこの日、関西電力が建設を予定している金居原揚水発電所の上部ダムと、下部ダムの予定地を確認することもできました。

すでに新聞等で報道されているとおり、この揚水ダムは最大出力二二八万キロワットの国内最大規模の発電所となるものです。

さきに、県の同意を得て、国の審議会で電源開発計画に追加承認されたものですが、今回の県の同意は、多くの県民を落胆させるものでした。さすがに、環境庁は通産省と関西電力に対して、「イヌワシ・クマタカの生息状況に変化が生じたら工事を一時中断し、適切な対策をとること」などを内容とする異例の要望を出すことになったようですが、金居原の場合、下部ダムの水際から三〇メートルの所にクマタカの営巣地があることが判明しているのですから、工事の着工は致命的なものです。

「どこかよそをさがしてくれればよい」などというのは、人間の勝手な論理でしかありません。すべての条件を整えた場所だから「ついのすみか」として、そこに生息しているのです。

自然に一切手をつけるべきでない、などと言うつもりはありませんが、絶滅の危機にある希少種さえ守れない「人の営み」について考えさせられます。「人と自然との共生」という言葉のなかに、すでに「おごり」があるような気がします。

走ることは自己表現です――「反核マラソン」

1996.7.17

「私たちにとって、走ることは文学者が本を書き画家が絵を描くのと同じように自己表現のひとつであり、芸術に属するもの、との誇りを持っています。いま、私たちは『反核・平和』の願いをこめ、自己表現の一つとして『反核・平和マラソン』を走ります」との挨拶で、スタートした昨年の「反核・平和マラソン」。市民ランナーも含め「走る」人が増加するなか、「走ることは、私たちにとって自己表現」という言葉には、新鮮な感動を覚えました。そして、あの炎天下のびわ湖岸をタスキでつないだのは、フランスによる核実験強行への抗議とともに核兵器のない日本を、地球をとの思いでした。

核兵器が地球上のあらゆる生物の生存とは共存できない、「悪魔の兵器」であることは明らかです。「毒ガス」についての使用禁止協定が締結されている国際社会のなかで、「核兵器の使用禁止協定」がなぜ締結されないのか、現代を生きる人類はなぜ「国際法違反」として高らかに「宣言」できないのか、根本的な疑問です。

注目された国際司法裁判所での判決（勧告）は、「国際法の原則に一般的には反する」とし

ながら、「極端な状況下での国家の自衛のための使用は、合法か違法かの結論は出せない」として、事実上、核保有国におもねる姿勢をさらけ出すものとなりました。

判決を前に行われた口頭陳述で、黒焦げの子どもの遺体の写真を示して、「この子になんの罪があるのか」と迫った広島・長崎市長の陳述が大きな感動を呼んだと伝えられていただけに、今回の「結論」は世界の人々を落胆させるものでした。

私たちは、核を持つ国の自衛権と持たない国の自衛権に差別を持ち込むことにも、核兵器を平等に持つことの自由をも拒否します。

今年は八月六日に反核平和マラソンとライダーがびわ湖を一周します。

日ハム上田監督の辞任と統一教会

——1996.9.24——

日本ハムの上田監督が、突然辞任することになりました。記者会見で明らかにされた内容は、娘さんが統一教会に入信し脱会の説得に応えてくれないことや、入信していることを嗅ぎつけた週刊誌の取材があり、統一教会の宣伝に使われることを「よしとしない」ということから、あえて自ら発表したとのことです。

統一教会といえば資金集めのための集団結婚や霊感商法で有名です。

こんな経験もあります。夜の一〇時近く、突然、青年が玄関に立ち「アフリカの子どもたちに粉ミルクをおくるためのカンパをお願いします。あなたの愛情を」と押しつけがましく迫ってきました。思わず「バカを言え、清潔な水の確保が難しいアフリカで粉ミルクをどうして飲むというのだ。どうせインチキなカンパだろう。君は統一教会の人だろ」と言ったとたんに、ものも言わず逃げるように帰っていったことがありました。

人の不幸や社会的不安につけこみ資金集めに利用する精神の荒廃と、こんな活動に夜の夜中まで青年を這いずりまわらせる「教義」の恐ろしさ。そして、その青年の親の苦悩を思うと後味の悪さはこの上もないものでした。この「教会」は、選挙になれば「反共」の一点で、保守系候補の運動に走り回ります。

「ベンチにいるときも、いつもこの教団と闘っていた」との上田監督の言葉は身にせまるものがあります。

それにしても、この会見を報じたテレビニュースは報復を恐れてか、本質に迫らぬ実にお粗末なものでした。「娘さんの宗教関係の問題で辞任を発表しました」という程度のもの。これではペナントレースの最終盤、優勝を争っている監督の突然の辞任の背景が伝わってきません。オウム問題での反省がマスコミに生かされていない、というのが実感です。

社員の保険金を詐取するという国

——1996.11.21

民間企業が加入する団体保険が問題になっています。「主人が死亡したとき、死亡診断書を出せと言われ、訳がわからないまま何枚かの書類に印鑑を押させれた」「会社が勝手に家族の同意を得ているとウソをつき、病院に死亡診断書を請求していることがわかった」などの相談が、弁護士会が実施した「団体保険一一〇番」で多数寄せられています。当日は、「電話が鳴りっぱなし」だったそうですから、かなりの被害件数にのぼることは確実です。

いずれも、会社が本人の知らない間に生命保険に加入し、掛け金の支払いはもちろん、保険金の受け取りも会社となっているというものです。なかには、一億円もの保険金を受け取りながら、三百万円程度の香典をもってきただけだったとか、五千万円の保険金を受け取りながら、焼香にもこなかったというひどいケースもあったと伝えられています。

「会社が掛け金を払っているのだから当たり前」という論理のようですが、ルールなき資本主義といわれる日本の長時間・過密労働のなかで生まれている過労死は、社会的にも問題となり、国際的には「ＫＡＲＯＳＩ」として、通用するという深刻な現実があるだけに、重大な問題を含んでいます。

これでは、「死ぬまでこき使い、死んでしまえば、それをまた利潤追求の対象とする」という非業の論理が日本の企業社会を覆っている、と指摘されても当然のものです。

「労働」が人間らしく生きるための手段であるからこそ、「死ぬまで働く」ということが「どうしても理解できない」というのが国際的常識です。一家の大黒柱を失い悲しい葬儀が行われている陰で、その死をも儲けの対象とする企業論理に深い憤りを感じます。

近藤正臣さんと長良川河口堰のこと

――1997.1.22――

「びわ湖を囲む山並みの稜線までがびわ湖のほとりと考えて、山の緑を守る取り組みを強めてほしい」と語る近藤正臣さんの話が印象的だった「びわ湖・水・森を守ろう」のシンポジウム。この一月一九日に開催された「シンポ」は、会場にあふれる市民の参加で盛況でした。自らを「客寄せパンダ」と称しつつ、長良川河口堰建設反対の運動にかかわった動機を語りかける近藤正臣さん。

長良川の上流にある郡上八幡の清流で、サツキマスを釣りたいと何回となく渓流に入ったものの、未だに釣果があがっていない。それなのに、長良川に河口堰なんか建設されたらいよいよ駄目になってしまうという「単純な動機」からだったとか。「でも、動機なんてさまざま、どの動機が素晴らしく、どの動機は値打ちがない、なんてことは言えないのではないか。『単純な動機』であろうと『思い』を大切にし、声を上げることから知識を広げることにより、素晴らしい人との出会いが生まれる」と明快です。そして、長良川河口堰の建設反対の署名運動に協力したことのある社会党出身の建設大臣が、大臣になったとたんに態度を豹変させたことに対する批判は痛烈でした。

「堰の建設で『負け』はしたものの、確実に変化と前進を感じている。びわ湖が駄目になりつつあることを、そのほとりに住む人が深刻に考えてほしい。そして、これ以上のダム建設は止めにするなど、そのほとりに住む人々が、できることから始めてほしい」との結びは、氏がけっして並の「パンダ」ではないという印象と感銘を参加した人に与えるものでした。

「近藤さん見たさに来ただけ」という主婦の方からの、「これからは、環境問題なども考える主婦になります」という勇気ある発言は、シンポ全体をほのぼのとさせるものとなりました。

重油流失事故で三国湾へ

――1997.2.4――


「油くみ　バケツリレーの　技術国」という川柳が新聞に載っています。

一月二日に、日本海で起きたロシアのタンカー「ナホトカ号」の転覆による重油の流失事故は、政府の対応の遅れが致命的となって深刻な事態となっています。組合が呼びかけたボランティア募集には、およそ一〇〇名の方が駆けつけ、新聞やテレビでも大きく取りあげられました。なかには「テレビを見て知った。ぜひ一緒につれていってほしい」という市民の方の参加もありました。

とくに、船首が漂着した福井県三国町の被害は深刻です。海岸線一帯が文字どおりコールタールを塗りたくった様相となっており、「人海戦術でどうにかなるものではない」との無力感に襲われもしますが、せめて波間に漂うキャラメル状の油塊を「掬えるだけ掬わなければ」と割り切って作業に没頭するしかない、というのが現地の実態です。そんな途方もない作業にも、冬の日本海は容赦なく強風と雨まじりの雪を人々の顔にたたきつけます。

惨状を目の当たりにして、改めて現地の人々の苦労に胸が痛みます。また、C重油は揮発性が高いこともあって大気汚染とともに呼吸器障害の発生も危惧されています。

世界一の油輸入国でありながら、油回収船が日本海側には配備されていなかった問題とともに、事故後、数日たってから出動した船も一月末になってようやくわずか四隻という現実を通じて、この国の「政治」がいかにひどいものであるかを再び、国民に教えることとなりました。

さらに、航海中にポキッと折れるほどの老朽船が、日本海をウヨウヨしているというのも恐ろしい話です。

そんな歯痒さや怒りが文頭の川柳となって詠われ、庶民に共感を広げています。もうひとつ、

「はがゆさは　昔竹槍　今ひしゃく」とも。
怒りと柄杓《ひしゃく》を持って、十四日に再び「三国」に出向きます。

沖縄鳥島での「劣化ウラン弾」事件

―― 1997.2.21

たまたま、タイミングが「ドンピシャリ」だっただけのようですが、ある週刊誌の巻頭グラビアにイラン・イラク戦争の後遺症を追跡した「イラク潜入撮／子供たちが死ぬ」が掲載されており、その中に多国籍軍が使用した「劣化ウラン弾」により白血病の子どもたちが急増している、との報道があります。

そして、そのグラビアは白血病に侵された子どもたちの写真とともに、ゴミ箱のような囲いのなかに子どもたちの死体が何体も無造作に放り込んであるショッキングな写真で構成されています。

陸地戦のない「もっともきれいな戦争」と宣伝され、まるで「テレビゲームを見るような感覚」で国民が注視したと伝えられたあの湾岸戦争も、結局「フセイン」は健在なまま、なんの罪もない子どもたちに大きな犠牲と後遺症を残していることを伝えています。

このグラビアに接して、改めて沖縄鳥島での米軍による「劣化ウラン弾」の誤射事件の重大さを感じます。

本国では限られた地域でしか認められていないという「劣化ウラン弾」を、米軍が百万言をもってして「放射能汚染の心配はない」といっても、誰も信用しません。

米兵による少女暴行事件で、大きな怒りが渦巻いていたときに公表するわけにはいかなかったという身勝手な打算もさることながら、一年あまりにわたって隠していた事実は許しがたいものです。まるで「占領国の思い上がり」という沖縄の怒りは、全国民のものでもあります。

それにもまして、この国の政治が、アメリカに対して抗議するどころか国民にそれを知らせることさえ躊躇していたという事実も重大です。

「この国の政治は、誰のためのものか」をつくづく考えさせられるとともに緑豊かなこの国は、いくたび他国による放射能汚染の惨禍を受けることになるのかと、やるせなくなります。

成果主義賃金と企業犯罪

―1997.5.14―

幹回りが一メートルを優に超える、ブナの木が空一面に枝を張り、そよぐ緑の葉の間から春の陽ざしが光の線となって、ときどき届きます。木之本の川合を越え、杉野に入ったあたりにある横山岳。渓流にあるいくつかの滝が送りだす涼風が足元から湧きあがる心地よさもつかの間、気楽に考えての入山は間違いだったことにすぐ気がつくほどに、結構ハードな山です。

眼下に広がる水田には苗が植えられ、麦の緑とれんげ草の紅紫色のコントラストが、絶妙の景色を生み出しています。あふれる自然になんとなく「生きる力」を与えられた気がする心地よい季節です。

そんな五月に入ったとたん、野村證券によるＶＩＰ口座の問題や、生命保険会社による神戸の被災者に対する保険料の「あこぎ」な取り立てなどが、新聞紙面を覆っています。

人の営みに金銭がからむと、なぜ、これほどに人は不道徳になるのかと嘆きたくもなりますが、民間企業における成果主義がそれに拍車をかけています。

「会社のため」という規範が、成果主義のもとでは「人としての道」をも踏みはずすことに行き着き、世界から「ルールなき資本主義」と批判されるに至っていることは確かです。

そのような「成果主義」を公務職場に持ち込む人事院の動きは重大です。「民間ならいざ知らず、公務職場にはなじまない」のではなく、人間的良心のかけらも許さぬ成果主義とルールなき資本主義社会とまで言われる、この国の経済の在り方が問われている気がします。

スイスでは拒否された女性の深夜労働

——1997.5.20

男女雇用機会均等法の改正により、女性に対する差別をなくすことについて、従来の「努力義務」規定から「禁止」規定に改善されるのは、罰則規定がないなどの不十分さがあるものの一歩前進です。ところが、これと同時に、労働基準法の「改正」によって女性の深夜労働に対する規制が撤廃されるというのですから、重大問題です。

ことの発端は、就職難の時代を反映して、若年女性労働者がトヨタ自動車などの生産ラインに進出していることもあり、「男性よりも低い賃金で三交替勤務に入ってもらえるなら、言うことなし」ということで、財界から推進する声が上がったのに始まります。

まだまだ、女性に家事や育児と介護など大きな負担がのしかかっている現実があるなか、これでは「深夜勤務ができない人はパートに」と女性の雇用不安が広がるおそれがあります。また、安い賃金で働いてくれる女性がいるからと、男性労働者の雇用不安や賃金の低下に繋がる危険性もあります。だからこそ、「深夜労働と過労死の男女平等化なんて、とんでもない」と反対の声が高まっているのです。

一方、昨年一二月に、この法律と同じ法律が成立したスイスでは、国民投票に付された結果、六七％の反対により否決されました。

国会を通過した法律も三か月以内に五万人の署名を集めて要求があれば国民投票に付さなければならないという、代議制と直接民主主義を併せもつスイスの制度がつくづく羨ましくなります。これなら国民の七割から八割が反対する消費税の税率アップも、住専への税金投入も全部阻止できるのに……と。

「これをやらなければ日本に負ける」というのがスイスの賛成派の論拠だったそうです。

今度は私たちが、「これを許せば、スイスの運動に日本が負ける」と声をあげ、頑張りを見せる番です。

イギリスでフランスで相次ぐ政権交代

――1997.6.11

深刻な財政危機と、これを乗り切るための医療と社会福祉の切り下げ、一〇％を越える失業率に見られる雇用問題。そして、「大競争時代」（メガコンペディション）の大合唱のもとで進められる規制緩和と民営化路線などが、主要資本主義国で同時進行的に進められています。

日本でも、まったく同じです。背景に、世界で唯一の超大国となった、アメリカによる地球規模での経済支配戦略があることが広く指摘されています。同時に、この流れに抗した国民の反撃も始まっており、希望も沸いてきます。

イギリス、フランスでは総選挙を通じて、相次いで「ノン」の国民の意志が示されました。イギリスでの保守党の大敗北に続いて、フランスでも社会党と共産党などによる連立内閣の発足による政権交替が行われました。

この日本では、どうでしょうか。

自民党の幹部自身が「肌寒さを感じる」というほどに、消費税の税率アップから医療保険制度の改悪、労基法の女子保護規定の撤廃、大学教員への任期制の導入、さらに、介護保険の導入まで……次から次へと悪法が成立する事態が、オール与党政治のもとで生み出されています。まるで「トコロテンを押し出すように」ということから、「トコロテン国会」と命名されるほどです。

それにしても驚くのは、「賛成で挙手をしている議員のなかには、法案の中身を知らない者もいる」という自民党野中幹事長代理の暴露発言です。脳死と植物状態の区別もつかない人が、臓器移植法案に賛成しているとの報道もあります。

オール与党体制のもと、イギリスやフランスのようなことは起こらない、という「おごり」があるのでしょうか。「いつか近いうちに国民はバカではないことを思い知らせてやる」と考える人を増やしていることに気づいていないようです。

今度は、私たちが目にモノを見せてやらなければなりません。

「世界で唯一元気な共産党」とロイター通信

——1997.7.15——

真夏日が続き「カラ梅雨」かと思われたとたん、連日の大雨となり、各地に大きな被害をもたらしました。

かつては人が住むことのなかった地に住宅が建築されることもあって、土石流による被害がいつものように発生します。人間にとって、「住まい」が基本的人権の根本をなす問題であるにもかかわらず、民間主導の宅地開発にまかせる国の住宅政策の貧困が問われています。

この国の政治の将来を占うとも言われ、今年、最大の政治戦として注目された東京都議会議員選挙の結果が明らかになりました。新聞各紙で報道されているとおり、「自民復調・共産党の大躍進」というものでした。この結果をどう見るかです。

確かに自民党が議席を増やしたものの、共産党の躍進に示されるように、国政レベルで進むオール与党政治に対する厳しい審判が下されたことは明らかです。そして、政権与党である自民党の得票率三〇％に対し、共産党の得票率が二一％となり、その力関係が、およそ一〇対七にまで接近していることに衝撃が広がっています。「世界で唯一元気な共産党」と発信したロイター通信を待つまでもなく、世界の主要な資本主義国の一つであり、その首都・東京で共産党が第二党の地位を占めたこと自体、画期的なことです。

すでに、同党を単独与党とする自治体は六四に上り、党員市長・町長も次々と誕生しています。次から次へと、生活破壊の悪政を進めるオール与党政治に対する国民の怒りが、この党に希望を託す流れとなって育ちつつあることは確かです。

共産党が躍進したから希望があると言うのではありません。フランス国民と同じように、この国でも「この国の主人公は私たち」との声を上げはじめた、国民の賢明さと勇気に希望があるのです。

教科書裁判と家永三郎さんのこと

――1997.9.29

教科書検定に対する違憲性を問う訴訟であった「家永裁判」が、八月二九日の最高裁判決をもって、ひとつの歴史の幕を閉じました。

報告集会の模様が報道されるテレビ画面を通じて久しぶりに見る家永さんには、「ああ家永さんも、お歳をとられた」という思いとともに、三二年の歴史の長さを改めて感じさせられました。わずか三九キロの体躯となり、人の手を借りての登壇でしたが、出てくる言葉には歴史学者としての信念とともに、国家権力を相手に闘いつづけた人の「すがすがしさ」と、ひとつの安堵がうかがえます。

「家永裁判」は、教科書検定についての違憲性を問う裁判であったと同時に、検定の項目そのものについての不法性を問うものでもありました。

最高裁の判決に不十分さはあるものの、高裁判決に加えて「七三一部隊」についての記述の修正を求めた国の検定意見は不法であると明確に断罪するものとなり、不法行為を含む検定が国によって行われていることを認定したという点では画期的なものとなりました。

最近、御用学者の「理論」に支えられて、歴史の真実を教科書に記載することを「自虐史観」として、南京大虐殺などの事実を教科書から抹消することを求める運動が全国的に展開されています。従軍慰安婦についても軍の強制連行はなかったかのようにいう歴史のわい曲が国家により押しつけられているとき、一人の歴史学者が示した学問と真理に対する一徹さに頭が下がります。

かちまけは　さもあらばあれ　たましひの
自由をもとめ　われはたたかふ
（詠　家永　三郎）

避難住宅での孤独死という悲劇

――1997.10.16

街角で息を吸いこめば、キンモクセイの香りが胸いっぱいに広がります。朝夕が、すっかり冷えこむようになり、柿の実も色づきはじめました。

秋の深まりを感じる一〇月一二日は、大都市神戸を襲ったあの阪神淡路大震災から、ちょうど一〇〇〇日目にあたります。大震災からすでに二年八か月が経過した今もなお、仮設住宅での「避難生活」を余儀なくされている人々は二万人を超えています。人口二万人余りといえば、県内では日野町、能登川町の規模に当たります。「二万人を超える人々」という数字の大きさがわかります。人間にとって「住まい」の問題は基本的人権そのものであり、ことは重大です。

すでに、仮設住宅での「孤独死」が一七〇人を超えていることに示されるように、震災後三年近く経って、なお死者の数が増えつづけていることに、阪神淡路大震災の深刻さと、この国の異常さが浮かび上がっています。

この八月にも、どこの自治体でも当たり前の「避難住宅の給水は停止してはならない」という給水条例を持たない神戸市によって「料金滞納」を理由に水道が止められた仮設住宅で、五三歳の女性が病死しているのが発見されました。こうして「孤独死」が増やされています。世界一豊かな国と言われるこの国で、「自立・自助」の論理が、極限状況のなかで「棄民政策」となって現れています。地震国と言われるこの国に住む限り、「明日はわが身」の問題でもあります。

その神戸で、公的支援の実現か神戸空港の建設優先かをめぐり、神戸市長選挙が闘われています。「ブタ汁」を持って支援に出かけたあのときと同じ思いで、今度は政治戦の支援に、この土日出かけます。

長野オリンピックとイラク戦争の危機

――1998.2.20

連日、テレビや新聞報道をとおして、長野オリンピックの感動が伝わってきます。開会式で対人地雷の廃止を訴える運動を進めるクリス・ムーンさんが子どもたちに囲まれて走る姿は、印象的で感動的なものでした。「未来はこの子どもたちのもの、戦争のない平和な地球を子どもたちに」とのメッセージが見事に表現されていました。

また、スピードスケートやジャンプ競技でメダルに輝いた選手も、そうでなかった選手も、インタビューで語られる彼らの言葉にキラリと光るものを感じます。

「この経験を基礎に大きな人生を歩んでいきたい」「メダル、メダルと結果だけにとらわれず、ここに至る経過を見てほしい」「私ではないんです。みんながすごいのです」などなど。

国を代表して競うトップレベルの水準の技術を持ち、そのために肉体を鍛え上げ、磨き上げた人々が「人間そのものを鍛え、磨き上げている」と感じさせます。

「この舞台に立っている人々、すべてが幸せなのです」と、金メダルに輝いた清水選手が語る他の選手への思いやりの言葉に、競いあうもの同士の深い友情を感じます。

やはり、同じ地球に住む人間同士。人間ってすばらしいとの感動と希望を与えるオリンピックが、「平和と停戦」を呼びかけるのも当然です。

だからこそ、こんなときに伝えられるアメリカによるイラクへの武力攻撃の準備が進められているとの報道は、人々の心を暗く、悲しいものにさせます。

国連決議に反して査察を拒否するイラクは批判されるべきですが、「この地球の支配者」のように振る舞って、対人地雷以上に悪魔の兵器である核兵器の使用を含む「制裁」を広言する、アメリカに対する批判も強める必要があります。そして、このアメリカに対して「あらゆる選択肢を共有する」と無条件支持を表明する、この国の政治に「またか」との思いです。

光泉中・高校、五人の先生のたたかい

——1998.4.6——

教育に情熱を燃やし、教師として生きがいを感じて子どもたちに正面から向き合っていた青年教師五名が突然、「契約更新をしない」と理不尽に首を切られたことから始まった「光泉中・高校」の闘い。

「採用されるときには、そんな条件は明示されていなかった」と解雇撤回を求める闘いは、すでに足かけ六年の年月が経過しようとしています。

希望にあふれる五人の青年教師に、予想もしなかった「孤独な闘い」の青春を押しつけた、学校法人当局と理事長の犯罪は許しがたいものです。

九三年に出された「仮処分申請の勝利判決」以来、九七年の最高裁での判決をはじめ、そ

の後下された、「解雇無効」の判決にも学校法人当局と理事長は頑として従おうとはしません。しかも、最近では「最高裁判決直後の懲戒解雇についての無効を争う公判」には、無断欠席を決めこむという傍若無人ぶりです。

こんな人物が子どもたちの教育を預かる学校法人の経営者であることに、驚きと怒りさえ感じます。先日、この闘いを支援する会の集いで、一人の先生が「お礼」の言葉を述べながら、思わず声を詰まらせたとき、理不尽を重ねる者に対する怒りで熱いものがこみあげ、涙が頬を伝わりました。

そして、突然思い出したのは、森永ヒ素ミルク事件を闘った弁護士中坊公平氏のことでした。中坊氏が「裁判には勝ったけれど、ヒ素ミルク患者にとってみれば、それが何ほどの意味を持つのかと考えてみると、司法判断の無力さを感じる」と涙ながらに語るのを見て、司法の限界を人間の目で見つめる姿に感動を覚えたものでした。

「人」も「司法判断」も踏みにじりつづける学校法人理事長を、なんとしても追い詰めなければならないとの思い、ひとしおです。

核兵器廃絶へ町長さんの「常識」

1999.6.21

「われわれは持ってもいいが、他の者は持ってはならないというのは納得がいかない」「核保有国こそ率先して廃止にむけ努力すべき」……これは、東京から長崎に向かう平和行進を迎えて、山東町役場前で町長さんが行った挨拶です。

アメリカを中心とする核保有国によって無期限延長された「核拡散防止条約」に対して、ずばり問題の核心をつく発言です。

結局、この「条約」(NPT)が五大国の核保有と独占を容認し、核廃絶を「無限」の彼方においやるものでしかないことは、その後の事実が示しています。条約成立を「まってました」とばかりに発表されたフランスの核実験の再開決定は、世界の核廃絶を願う人々の怒りを買い、南太平洋の実験場近くの国々からは抗議の声が上がっています。ニュージーランドでは、通告にきたフランス大使に対して、外相が「出て行け」と怒鳴ったとまで伝えられています。

サミットで特別問題にはならなかったことで、「必要だからやる」のだと、フランスを強気にさせているようですし、アメリカも実験の再開を近く決定する動きです。

このサミットで、唯一の被爆国である日本の首相が、どういう発言をしたのかは何も伝わってきません。逆に、「核拡散防止条約」の無期限延長に対して、アメリカのお先棒を担いで奔走した事実だけが鮮明に残っています。

町長さんの「常識」が世界政治の常識となるのはいつの日のことか。さきの挨拶では「運動が世界を動かす」ともありました。被爆五〇周年、多彩な運動を展開したいと思います。

子どもが風邪でも早く帰ってやれない社会？

——2001.1.16——

本格的な冬の到来です。正月明けから厳しい寒さが続きますが、ロシアのウズベスクではマイナス六〇度を記録したとのニュースです。想像を絶する世界です。

職場でも風邪を引いて体調を壊したという人が増えているこの時期、ちょっと気になるアンケート結果が報告されていました。大手製薬会社「中外製薬」が四歳から九歳の子を持つ首都圏の夫婦二五〇組を対象に実施したアンケート結果です。そこには、「子どもが風邪をひいて熱を出しても、帰れないサラリーマン」という悲しい姿が、浮かびあがっています。

調査結果では、子どもが風邪をひいたとき「夫にやめてほしいこと」のトップは「無関心」（三〇・二％）と「深夜の帰宅」（三七・二％）となっています。これに対して、子どもが風邪をひいた場合に「職場の雰囲気は早く帰りやすい」と答えた夫は、八・八％にとどまり、「帰りにくい」と答えた人が五〇・七％となっています。

「子どもが風邪をひいたときくらい、早く帰ってほしい」と願う妻に対して、「子どもが風邪をひいたくらいでは、早く帰れない」夫が、「会社と家庭」の板ばさみで悩んでいる姿が見えてきます。

誰にでも、こんな小さな記憶はあるはずです。熱を出して寝ているときに、父親の大きな手が額に当てられ、「大丈夫か」と心配そうに声をかけてくれたこと。それが、なんとも言えず温かかったことを。

アンケート結果を通して、「子どもが風邪をひいたときさえも、早く帰れない」日本型労務管理が見えてきます。それが、大人から「愛されている」と感じられない子どもたちをふやしているのではないかと心配になります。

子どもが熱を出したときくらい、仕事は放りだして早く帰りましょうよ。

マスコミに残る「解同タブー」――高知の事件から

2001.5.17

高知県で、副知事をはじめ県幹部四人が、不正融資による背任容疑で逮捕された事件が報道されています。

担保もとらず、返済の見込みもないのに一〇億円もの融資をしていたというのですから、「なぜ、そんなことが、単なる一企業体に」との疑問は当然です。しかも、特定の企業体のみを対象とした融資制度で、必要な議会の承認も経ていなかったというのですからなおさらです。おまけに、「焦げつきそうだから」と、二億円の追加融資も行われていたとのことです。

さすがに、今回の問題は「政策判断に基づく行政権限の行使であり、裁量権の範囲」という論理を許さず、その壁を破って県（県民）に損害を与えた背任事件として、副知事、部長、副部長、課長、課長補佐の逮捕に至ったというものですから、県庁ぐるみの重大事件です。

そもそも、この事件の発端となった融資制度は、部落解放同盟による対県交渉のなかで出された要求に基づき制度化された「同和対策事業」でした。「なぜ、そんなことが」という疑問を解く「カギ」もここにあるようです。

「同和対策だから」と、公正・公平であるべき行政がゆがめられてきた事例を知るものにとっては、そこにメスを入れないまま小さな矛盾を見逃すと、その積み重ねが「こと、ここに至る」という教訓を示しているようにも思えます。もともと「特別対策」は、「特別」であるがゆえに公正・公平を退ける危険性をはらんでいます。高知県では、今回の事件を契機に同和行政のゆがみを是正する方針が打ち出され、同和対策本部についても廃止することにした、と伝えられています。

それにしても気になることは、今回の事件を伝える新聞報道の中に、いずれも「同和対策事業にまつわる問題」としての観点が、まったくと言っていいほどないことです。やはり、まだ新聞やテレビには「解同タブー」が残っているのでしょうか。

二人の町長を交えた合併シンポで

――2001.7.17

ポンと音がして日傘が開き、その婦人の足元には陽炎がゆらめいています。この情景には、美しかった若きころの母のイメージがあって、心和みます。

真夏日が続く、七夕の日の七月七日、「住民の目線で考える市町村合併シンポジウム」が長浜で開催されました。パネリストに、米原・西浅井の両町長を交えた「豪華メンバー」が揃った「シンポ」だけに、内容豊かなものとなりました。

「私は合併賛成派」と自認する西浅井町長は、「今日の合併論議は国・地方あわせて六六六兆円の借金をどうするのかというところから始まったもの、だから合併は避けて通れない」、「心配されるデメリットは克服するのが政治の責任、合併しても町民に不自由が生じないよう、今から手を打っておく」と言います。

合併反対派の米原町長からは、「財政問題があるから、この合併を通じて効率化の動きが強まり、サービスの低下も生まれる」、「湖北一市一二町の場合、合併すると地方交付税も二〇〇億円が一五〇億円ぐらいに削減されるし、その五〇億円のうち人件費相当額が三〇億円くらいなので、職員数にして三〇〇人位の削減となる」といった具体的な話がどんどん出てきます。

合併すれば、借金が減るのかといえば、合併のためのアメとして準備されている「合併特例債によって、国レベルでは四〇兆円の新たな借金が生まれる」ことも明らかになりました。

シンポジウムではさらに「住民投票という方法も」（米原町長）という話から、「合併によって、一番大事な地域のコミュニティーがなくなるのが心配」、「合併しなくて良いのなら今のままの方がいい」（西浅井町長）という「予定外」の発言も飛び出し、本音が語り合えるものとなりました。

住民不在、国・県主導で進められる合併が多くの人々を心配させ、悩ませてもいることは確かです。

夏の甲子園で近江高校が快進撃

——2001.9.5——

「まさか、まさかの快進撃」というのが最初のうちの率直な実感でした。多くの県民の耳目を集めた、今年の夏の甲子園での近江高校野球部のみなさんの活躍でした。

ここまでくれば「まさか」も失礼になる、正真正銘、強豪相手の堂々たる準優勝です。

そういえば、今年の幕開けが高校サッカー全国大会での草津東高校の活躍でした。間違いなくサッカーも野球も、県内の高校生のスポーツ水準が高いレベルに入りつつある、ということなのでしょうか。甲子園で繰り広げられる球児たちの熱闘ぶりを見て、なぜかほっとしたり、安心感を抱いたりした人も少なくないはずです。

一〇代の青少年による凶悪な犯罪や、子どもへの虐待事件の頻発など、「この国と、この国の子どもたちはどうなってしまったのだろう」と心を痛めていた人々にとって、力を合わせつつ青春のすべてをかけ、涙する球児たちが創り出すドラマはやはり感動的でした。

幸い、今年は決勝戦の前日に台風による休戦も入りました。

せめて、準決勝や決勝の間に、それぞれ一日の休養日の設定をという声があるにもかかわらず、いまだに実現していません。将来もあり発育段階にもある高校生の身体よりも、日程上の都合が優先されています。サッカーやラクビーで実現していることが、野球でできないはずはありません。

また、ある高校のように一度の失策でベンチに下げる、「見せしめ的」な采配や選手よりも監督が野球をするかのような監督の「動きすぎ」と管理主義も相変わらず気になりました。

快進撃を続けた近江高校にそれが見られなかったのは救いでした。「この子たちには女神がついている」、「すごい子どもたちです」、「僕らは敗北のつらさを知っている」というコメントもさわやかでした。「選手が主人公」を貫いているところで自主性が発揮され、力を引き出しています。

近江高校の選手の皆さんおめでとう。そして、熱い夏をありがとう。

もはや泥沼状態——自治労の裏金問題

2001.10.12

自治労の裏金づくりの問題で、とうとう逮捕者が出ました。自治労の特別執行委員が業務上横領で逮捕されたとの報道です。

この問題は、自治労が共済事業を通じて生まれた収益金から、裏金をつくるためにでっち上げたダミー会社「ユー・ビー・シー」（ＵＢＣ）などにかかわるスキャンダルであり、組合員の信頼を損なうばかりか、労働組合の社会的信用を失墜させる重大な犯罪行為です。今回の事件は、自治労の裏金づくりが常態化していたことを示しています。

また、この裏金を使って株式投資などのマネーゲームが行われ、生まれた損失の補てんに充てられていたということから、さらに許せないのは、この不正を告発しようとした職員の「口封じ」のために暴力団までもが利用され、数千万円の資金が流れていたということです。文字どおり、二重三重の反社会的行為が行われていたということです。

そもそも、このダミー会社の社長には歴代の委員長が就任し専務などの役員は特別執行委員があたっていた、というのですから、まさに自治労の「組織ぐるみ」の犯罪です。

しかも、この犯罪が明らかになった時点で緊急に開催された会議では「自治労とは関係のない法人内部における経理上の問題で不明朗な点があった」などと開き直ったりしていることからも、体質はちっとも変わっていないことを感じさせます。

また、今回の事件を通じて明らかになったことは、労働組合が特定の政党支持を組合員に押しつける体制のもとでは、これを批判する人々を排除することが当然のように行われ、これが労働組合の原則をゆがめるだけでなく、金権・腐敗を生み出すことにまで行き着くということです。

「健全な批判者がいない組織には民主主義がなくなる」――いつの時代にも生きる教訓です。

――2001.12.6

枝垂《しだ》れ桜と介護保険問題

十一月頃に植栽するのがいいと教えられ、念願だったピンクの枝垂《しだ》れ桜を植えました。一〇年も経てば楽しめるということで、老後を迎える準備が一つ整ったと、ひとり悦に入っています。

植木屋さんで「寝たきりになったとき、窓から見える枝垂れを眺めて春のひとときを過ごすつもり」と言って笑われましたが、寝たきりにはならずに豊かに人生の末期を迎えたいと思うのは誰しもです。が、思うようにはならないからこそ、人生悩みが尽きないのです。

そんなとき、せめて人としての尊厳が認められ、それにふさわしい介護を受けたいとの願いに応えるものとして、介護保険制度がスタートしたはずです。ところが、この介護保険、当初から多くの問題点が指摘されていたとおり、この一年を通じてその欠陥が明らかになってきています。

まず、サービスが行き届かず、老人ホームへの入所を希望しながらも入れず、待機する人が県内だけでも二〇〇〇人を超える状況であるということです。希望するサービスは受けられるという大前提があって、保険料の徴収が行われているのですから、これだけでも重大な契約違反です。

一方、受けるサービスも利用料負担が重いこともあって、利用率は五〇%を切る水準になっています。予定したサービスの総量を基に、必要な費用をはじき出して保険料が設定されている原理からすれば、保険料も五〇%相当でもよかったとなるはずです。

では、そのお金はどうなっているのかを探ってみると、案の定、市町村段階の決算では軒並み黒字になっているとのこと。つまり「ため込まれている」のです。

「保険料は法外に徴収し、利用できないシステムをつくって金を儲け、国は経費節減に成功した」構図は、悪徳商法と言われても仕方のないものです。国家的な詐欺に等しい「お年寄りいじめ」を是正させる、保険料と利用料の減免措置を実現することが緊急の課題です。

二〇〇一年締めくくりカルタ

――2001.12.25

今年最後の「くもりのち晴れ」は、二〇〇一年の締めくくりです。

今年一年間のトピックスを、「いろはカルタ」ならぬ「あかさたな」で、カルタ風にまとめてみました。

《あ》あきれるばかり　自治労の犯罪・裏金づくり
……地に落ちた「一〇〇万自治労」の金看板はカネ看板?

《か》改革の名で押しつけられる国民の負担増
……それでも「高止まり」はなぜ?　小泉支持率

《さ》沙知代と名前で呼ばれる人、二億円脱税で逮捕

……阪神はいよいよ踏んだりけったり。今度は暴力肯定・根性主義？

《た》タリバン／ウサマ・ビン・ラディン／ハマスなどいろいろ覚えました
……大事なことは「テロも戦争も許すな」です

《な》泣くに泣けない不況の波にリストラの嵐
……親父も息子もハローワーク通いの大失業時代

《は》「ハデ」好きとはいえ、ここまでとは……の國松知事
……「イベント」になんと二六億円！

《ま》雅子さんの出産に、マスコミは騒ぎすぎ
……これでいいのか、アメリカ絶対・皇室賛美の体質

《や》やったね！　イチロー、夢の大リーグで首位打者にMVP
……文句なしの大活躍に励まされた人々はどれほどか

《ら》乱世か、世も末かと思わせる事件が続くこの国、この社会
……なによりも心が痛む「いじめ」「自殺」「児童虐待」

《わ》　わがもの顔。なにがおもしろい、タレントのおふざけ番組
……庶民文化としての笑いを取り戻したいと「笑工房」株式発行の心意気
《ん》　ん？　これでいいのかの疑問を声に
……要求と願いを集めて一一・二二県民要求実現総行動

この一年、ときどき悩みながらも、力を合わせ、歩みつづけた県職の運動。ふり返って見れば、暮らしを守る運動や県民の願いを県政に届けるうえで、その歩みが大きな「足跡」を残したことも確かです。

それも、職場からの大きな支えがあったからこそ。「くもりのち晴れ」も感謝、感謝です。

——2002.2.21——

大阪弁のカラスと牛肉詰め替え事件

野鳥にも「訛《なま》り」があることを知りました。先日、ある新聞にこんな俳句がありました。

巻き舌の　浪花のおっちゃん　寒鴉《からす》（京都府、真鍋美子さんの作品）

評には、「ウグイスなど野鳥には『なまり』があるのは知られている。都市で増えつづけるカラスには、人間が見えている」とあります。

「ということは、東京のカラスは東京弁で鳴いとるということか?」と家族に聞いたら、「イギリスのカラスの鳴き声(信号)は、日本のカラスには通じないらしい」と返事が帰ってきて、二度ビックリ。「イギリスのカラスは英語を使《つこ》とるということやなー」となり、「僕よりかしこい」(!)と、いたく感動した次第です。

話は飛びますが、あの雪印の事件で、外国産の牛を国内産と偽り、補助金を不正受給するために詰め替え作業を行っていた社員だって、「外国産だといっても、英語で鳴くわけではなし、国内産も日本語で鳴くわけでもなし、牛は牛」「バレるはずがない」「下請けは黙らせる」とタカをくくっていたからこそ、の犯罪でした。もし産地によって鳴き声が違っていたら、こんな犯罪は思いつきようもなかったことは確かです。

ところが、ぎりぎりのところで、人間の良心がそれを許さなかったというのが救いでした。間違いなくカラスは見ていたことでしょうから、この犯罪が明らかにならなかったなら、それこそカラスに笑われるということになります。

「ン? ところで、それなら渡り鳥は何か国語も話すということか。ハテ……?」などと、ラチもないことを考えています。

「サラ金」の隆盛と配られるティッシュ

——2002.4.23——

少し時間に余裕のある人は、大津駅に降り立ったとき、左前方に広がる駅前のビル群に目をやってほしい。今さらながら、「サラ金」店舗の多さに驚くはずです。

ちょっと、ひろい上げて見ただけでも、「レタス」、「アイク」、「レイク」、「アイフル」、「プロミス」、「武富士」、「アコム」、「ライフ」、「ナイス」、「アエル」などなど、ざっと一五、六社はあり、さながら「サラ金」銀座といった様相です。かつて駅前といえば、パチンコ屋か喫茶店などが定番だったのに、ほとんどの店の看板が入れ替わっています。いつから、こんなことになったのかと暗然たる思いです。

そういえば、最近のテレビのコマーシャルにも、この種のものが多いことに気づきます。「ほのぼのレイク」や「ゼロ・イチ・ニー・ゼロ…黄色い看板……」などは、CMソングのフレーズが勝手に出てくるほどです。これは私だけかもしれませんが、レオタード姿の女性が思いっきり足を上げて踊るＣＭなどは、いつの間にか目に焼きついています。

かの業界が、いま何を狙い目としているのかをわかりやすく示すのが、「初めてコール」の大合唱から「初めてのアコム」などの「初めて」シリーズです。カード、ファイナンス、クレジット、キャッシングというネーミングによって、「借金」という意識をマヒさせ、「むじんくん」というシステムの導入で気楽さを、そして、さらに新しい市場拡大へ「初めて……」が戦略として展開されています。

いまや業界一位の「サラ金」は、松下など製造業の年間売上高を追い越しているとも言われています。「人の生き血を……」と言えば古いのですが、社会がゆがみ、病んでいることは確かです。駅前で頻繁に配られるティッシュも、その生き血の一部なのかも……。

それでも、あなたはティッシュを受け取りますか。

「五事を正す」へ「誤事を正す」の反論

――2002.5.15

「五事を正す」との知事提案が庁内放送で流れ、続いて聞きとれなかった人もいただろうとの「配慮」から、すべての職員にメールが届きました。そして、今度は県庁改革のとっかかりとして、各職場で具体化の議論と報告をという「お達し」が出されています。

職場の受けとめ方もさまざまです。日常業務が繁雑ななか、「思いつきで、職員がその都度ふり回されるのはたくさん」「グループ長のほうで適当に」というのも結構多いようです。「たくさんの返事や提案があってメールを見るのが楽しみだった」と本人はご満悦のようですが、一方で率直な批判や疑問の声も「くもりのち晴れ」に寄せられています。

こんな傑作もありました。題して「五時に帰る」▽今までの常識や上司の目にとらわれず、五時（一五分）に帰ろう。▽コスト削減とスピードアップを図って、五時（一五分）に帰ろう。▽協同をモットーも良いけれど時間外までは……、五時（一五分）に帰ろう。と続き、なかなかのものです。

そこで、「くもりのち晴れ」流、「五事を正す」をもじってのひとくさり。

①県政は生活者原点と言いつつ、びわこ空港建設は「やめるつもりは毛頭ない」とこだわる「こだわり県政」

②納税者の目でコスト削減の提唱とは裏腹に、イベントには一年間で二六億円（！）の「無駄遣い県政」

③県政の課題は現場にあるはずなのに、県民の暮らしの実態を見ず、福祉・教育に大なたを振るう「リストラ県政」

④県民主役の県政は協同がモットーでも、職員との協同は置き去りの「トップダウン県政」

⑤「エコ文化のパイオニア」になれとは、「自転車が大好き」で「ボランティアでゴミ拾い」の押しつけにも文句を言わない人間になれということか。

「くもりのち晴れ」流「誤事を正す」でした。

三週間の連続休暇には割り増し賃金……スウェーデンの話です

――2002.6.25――

仕事からくる過労やストレスによって、倒れたり自殺するケースが増加しています。過労死などの労働災害認定件数は、昨年度一四三件と過去最高を記録し、過労自殺、精神障害の認定も七〇件で、前年度の二倍近くに急増していると報道されています。労働災害として認定された件数がこれだけであって、実態はさらに深刻で、過労死は年間一万人を超えるとさえ言われています。

「カローシ」は、そのまま国際語として通用するほど日本独特のもの。外国から見れば、「人間は生きるために働くのに日本人は死ぬまで働く」と不思議がられます。過労死が社会問題になって十数年経つのに一向に改善されず、近年「リストラ」によって、この悲劇に拍車がかかっていることは深刻です。県の職場でも一定の間隔で現職死亡が続き、自死という悲劇も後を断ちません。

こんな時代だから、杉江さんの死に公務災害の認定を求める署名は「人ごとではない」と共感を呼び、かつてない署名が寄せられています。

過日、「働くものの命と健康を守る滋賀県センター」の設立にむけたセミナーで、滋賀医大の峠田和史先生の基調講演を聞く機会に恵まれました。健康とは「社会的、文化的、精神的、肉体的に健康であること」が基本。氏が滞在したスウェーデンでは、健康で人間らしく働くために、残業をしたり休暇を取らないことは非文化的で他の人の働く場所を奪う犯罪だという認識だとか。年間五週間の休暇を取り、そのうち三週間は連続したものでなければならないとされ、なんと休暇中の賃金は割増賃金になるという話です。

そんな夢のような国で働きながらも、氏は、帰るときに「お先に失礼」とあいさつする日本人らしさは最後まで抜けなかったとも話されました。根の深さを感じます。

「天保一揆」と平兵衛のこと

2002.7.24

三上山の麓に、天保義民の碑が建てられています。この碑は、江戸時代の後期、天保一三年（一八四二年）近江の地で実際に起こった百姓一揆「天保一揆」に生命をかけた義民の遺徳を偲び、その義挙を後世に伝えるため、明治二八年（一八九五年）に建立されたと説明があります。

この一揆は、水野忠邦が進める「天保の改革」の時代、年貢の増徴をねらった幕府が土地検分と称して、五尺八寸（一七六センチ）の間竿に六尺一分（一八二センチ）の目盛をつけて、これを公然と押しつける不正検地に端を発したものでした。

これに対して野洲川沿いの野洲、甲賀、栗太の農民約四万人が起ち上がり、これを見事に阻止し、「検分一〇万日の日延べ」を勝ち取った闘いでした。「一〇万日」といえばおよそ二七四年になり、今日現在でも、未だその期限が過ぎていないというものです。

日本の歴史には多くの一揆が記されましたが、農民が勝利した数少ない一揆「天保の一揆」は、私たち近江の農民・庶民の誇りとすべきものです。

その時の指導者で、三上村の庄屋であった土川平兵衛ら一一名は、捉えられ全員獄死となったものの、その辞世の句（末尾）とともに土に生きる農民の生きざまとして、今日に語り伝えられています。
もともと、一揆の「揆」とは「道」を意味するもので、「道を一つにする」転じて「同じ道をともに歩む」という意味だったとされています。
時あたかも、「小泉改革」が国民に犠牲を押しつけているとき、「道を一つに、心を合わせる」先人の闘いに学ぶため、映画「天保義民伝」を大会で上映します。林隆三が演じる土川平兵衛が四万人の農民を闘いに組織する場面が見ものです。

人のため　身は罪とがに
　近江路を別れて急ぐ　死出の旅立ち
（平兵衛辞世の句）

—2002.9.20

長野県田中知事の「五直し」の話

注目された長野県知事選挙で田中知事が再選されました。県議会で不信任を突きつけた自民、公明、民主、社民のオール与党体制の復活を狙う政党を向こうに回しての圧勝でした。この結果、不信任を強行した最大会派の「県政会」は大物県議が辞職するなどもあって、とうとう解散に追い込まれたと伝えられます。「われわれの常識が県民の常識とはかけ離れていたということか」とは大物県議の辞任の弁です。

この選挙は田中知事自身が語るように、「脱ダム宣言」に象徴される公共事業の見直しなどの「長野改革」を進めるのか、それとも「夜明け前」(田中知事の弁)への逆戻りを許すのかが問われるものでした。環境破壊の大型開発から生活密着型に税金の使い方を切り替え、市町村から要望のあった特別養護老人ホームの建設はすべて予算化し、教育予算の増額で三〇人学級も実現してきました。ガラス張りの知事室に象徴される「透明性をもって政策決定を進める」ことなど、県民とともに改革を進める立場は明確です。長野から「この国は捨てたものではない」という希望が全国に届けられたことは確かです。

政策もなかなか、あか抜けています。――「こわす」から「創る」へ――と呼びかける基本政策から、産業と雇用の創出へ「五直し」と具体的政策が掲げられます。世直しをもじったものでしょうか。「水直し」で脱ダムが語られ、「田直し」で生産調整を排し「脱・減反」が掲げられます。さらに「森直し」、「道直し」、「街直し」と続き、「一八歳以上、外国人も投票できる常設型住民投票条例の制定」など改革を進める政策は具体的です。

抽象的で、現実にやっていることは「?·」が多い「五事を正す」滋賀県政とは、「エライ違いやなー」というのが実感です。

二〇〇二年を締めくくる「あかさたなカルタ」

――2002.12.20――

「年末を飾る」（?·）恒例の「くもりのち晴れ」流、ちょっと過激な「あかさたなカルタ」におつき合いを。

《あ》 熱く燃えた「W杯」

……日本のレベルもずいぶん高くなりましたが、世界を一つに熱狂させるこんなスポーツがあったのかと「野球世代のおじさん族」は驚くばかり

《か》 改革の名に値しない「財政構造改革プログラム」

……県警本館、びわこ研究所の移転改築、栗東《りっとう》新幹線新駅建設などは中止せず推進すると宣言する「プログラム」

《さ》 さんざんイベントなどに無駄づかい

……あげく、財政危機を招いた知事の責任が問われます

《た》　ため息が出るばかり

……高校生の就職内定率は史上最悪なのに、県幹部は公社事業団へ「天下り」のし放題

《な》　なんの責任もない県民に「至れり、尽くせり」の痛み押しつけ

……不況にあえぐ県民にガマンと犠牲を押しつける國松県政。これでいいのか「誤事を正せ」は民の声

《は》　はばを利かす「口利き政治」

……加藤も鈴木も。公共事業に群がる政治家を象徴する「ムネオハウス」が「流行語大賞」になる悲劇

《ま》　まっすぐに伸ばしたい子どもの教育、福祉施策

……「三〇人学級の実現」と「乳幼児の医療費無料化」を求める「子どもの幸せ署名」に広がる共感

《や》　「やられたらやり返す」はやくざの論理

……「やられてもいないのにやる」イラク攻撃めざすブッシュの論理は「やくざ

以上?」「やくざ以下?」

《ら》らぬき言葉も今は、すっかり定着
……「くもりのち晴れ」も「ら抜き」で失礼

《わ》「ワールドシリーズ」にとうとう日本人がスタメン出場
……新庄選手の快挙。どこまで続く、プロ野球の空洞化、巨人への一極集中

《ん》「ん?」のつぶやきから始まった「おしつけ合併はいや」の声が今や大きな世論に
……県下のあちこちで広がる合併協議の破綻に、今度は県庁の三階から「ん?」の声

國松流・権力の集中が狙い?「機構改革」

――2003.3.19

かつて中国では、毛沢東が紅衛兵を使って、自らの権力を打ち立てるために「文化大革命」を引き起こしました。自分に従わない人々を「走資派」とレッテルを貼り、「市中引き回し」などの集団リンチによって吊るしあげ、批判的な人々と言論の自由を圧殺してきました。当時、「古い権威」を打ち壊すことが中心的なスローガンでした。日本のマスコミや高名な「文

化人」もこぞって、この「文革」を無批判に礼賛したものでした。その後、この「文化大革命」は単なる毛沢東によるクーデターであったと、中国自身が痛恨の総括を行っていることはご承知のとおりです。

少々突飛ですが、この「文化大革命」を突然思い出させたのが、今回の知事による組織・機構改革です。従来の知事直属を政策調整部へと昇格させ、「県政を知事のトップダウンで強力に推進する」体制が整えられました。「念願だった」という女性副知事には、キャリア官僚をもって充て、「財政危機のおり、職員は減らしながら」という批判もねじ伏せての二人制です。中央のキャリア官僚と、予算の知事査定にも同席させるという破格の扱いを受ける伊藤忠からの派遣職員に取り囲まれて進められる県政がどんなものになるのでしょう。

そして、権力の二重構造を排するとばかりに、あえて、人事課を「職員課」、財政課を「予算調整課」と名称変更し、「中枢から意識改革をしてもらう」と説明します。政策決定と人事は、「直属でやる」意向もあらわです。

國松流「松の廊下」解体路線は、「いっそうの権力の集中」が狙いと読むうちに、毛沢東の文化大革命を思い出した次第です。

それにしても二つの課の名前、「貧相やな～」。

豊郷で大野氏再選に動いた「影の力」

2003.5.7

二一世紀に入って二度目の一大政治戦である一斉地方選が幕を閉じました。「世の中は理不尽なもの」ということを感じさせる現象もありました。収賄で逮捕され獄中から立候補した旅田元和歌山市長が、市議選でトップ当選を果たしました。

また、あの豊郷町では、リコールが成立して解職された大野和三郎氏が、再び町長に当選して全国紙のトップニュースを飾ることとなりました。

職場からは「こんなことがあっていいのか」という声が多く聞かれ、「日本の民主主義は、この程度のもの」と自嘲気味に語る人も、少なくありません。

豊郷の敗因はいくつかあげられます。もっとも大きな原因は、リコールを推進した住民運動の側が候補者を統一できなかったことにあります。そのほかに、金と権力にものを言わせた締めつけもあり、豊郷小学校の改築工事を受注した企業による「ぐるみ選挙」の動かぬ証拠も出てきました。

その後の新聞報道で、ちょっと気になる分析もありました。四月三〇日付の『中日新聞』

は、同紙が行った出口調査の結果と分析によればとして「支持を決定していた自民党支持者の六割が大野氏に投票し、公明党支持者の八割が同じく大野氏に投票した」と伝えています。広く知られているとおり、公明党が日頃から北朝鮮がときどき見せる「マスゲーム」のような党であるだけに「大野氏への投票」が指示され、「一糸みだれぬ」行動がとられていたことを伺わせるものです。同党の豊郷での基礎票は参議院比例選挙でみるかぎり、五〇〇票近いものがあるだけに、結果を大きく左右したことは確かです。

選挙期間中、公然と、大野元町長支持を一度も町民に語ることなく、こうした投票行動が密かに組織されることに奇異なものを感じます。結果が問題なのではなく、プロセスが「公明正大」でない気がするのです。

「仕事探し」もサラ金で、ということか？

——2003.6.4——

先日、二〇〇二年度分の高額納税者が発表されていました。納税額一〇〇〇万円を超える納税者のなかから、全国上位一〇〇人の人々がリストアップされたものでした。納税額で億の単位ですから、とてつもない所得です。それでも不況を反映して、公示の対象となった人は一九八三年の発表以来、一九九九年についで二番目に少なかったということですが、あるところにはあるものです。

このなかには、浜崎あゆみや宇多田ヒカルなどの歌手と並んで、スポーツ界では松井選手が入っており注目されましたが、なんといっても目立つ特徴はパチンコ、サラ金業界の多いことです。アイフル、プロミス、武富士などのトップがパチンコ業界の社長とともに顔をそろえます。要するにサラ金から金を借り、パチンコに「うつつを抜かす」貧しき人々が、億万長者をつくっているという世相が見えてきます。

少なくとも、この国の経済活動は、社会進歩や発展からは少しはずれたところで、それに価値を認めるゆがんだ社会であることを示しています。

さて、そんな折り、今度の国会の重要法案として徹底して審議されるべきものに、労働法制の改悪があります。目立たないものの、職業安定法の有料化も重大な問題です。

支払う料金によって紹介される仕事や待遇が変わってくることが心配されます。

また、リストラで「首切り」をやった企業が関連会社をつくり、職業紹介をやっては、また儲けるという事態が生まれる危険性もあります。

さらにひどいのは、この職業紹介に参入することが規制されていたサラ金業界の兼業禁止が廃止されることです。

「目ん玉売れ」から、今度は「金返せ、娘を働かせろ」と「口きき、身売り」が復活する危険性があります。だからこそ禁止されていたのです。

時代小説の世界ではありませんが、「女衒《ぜげん》」の復活になりはしないかと心配です。

志賀町民が示した三度の選択

——2003.11.5

リコールの成立を受けて実施された志賀町での町長選挙。「大型廃棄物処理施設の建設ノー」を掲げる山岡寿麿さんが当選し、町民の審判が下りました。志賀町民が下した三度《みたび》の審判です。

それに対する、県知事の談話には違和感があります。「住民の皆さんに十分理解いただけなかった。残念です」というものです。十分理解したうえでの住民の審判を侮蔑するのか、との声が地元でもあがっています。

選挙前の記者会見でも、「大型廃棄物処理施設は必要であり、町長選挙では推進を掲げる人物を県としても支援したい」とまで言い切りました。知事が、政治家として支援するのは勝手ですが、「県として」とまで言うのかと批判が強まりました。

さらに、選挙に入ってからは合併問題を取りあげ、「合併しないで、志賀町はやっていけるのか、覚悟が必要」とまで言ったと報道されています。

ここまで町民の神経を逆なでし、恫喝まがいの発言までしての結果に、どう考えるのか、反省の弁はないのか、聞いてみたいものです。

ゴミ問題で言えば、大規模焼却施設の建設が、ゴミの減量から、さらにゴミを出さない社会への一歩とはならず、逆に「出るから燃やす」を続けるだけではないのかという、ゴミ政策への不信が根本にあります。

また、大規模施設による広域処理から「自分の町のゴミは自分の町で」に舵を切り替えることも、二一世紀にふさわしいゴミ処理問題のあり方だと町民が提起しているのです。知事にそれを受けとめる謙虚さはありません。

合併問題でも、「やっていけるのか」という脅かしよりも、「自治体は小さい規模でないとそこにすむ人の顔が見えなくなる。合併しない小規模町村を財政支援する」という長野県田中知事の見識に耳を傾けたらどうか、とも思うのですが……「無理か」。

やめたくてもやめられない――「たばこ訴訟」のこと

――2003.11.12――

いつだったでしょうか。アメリカでたばこ会社を相手どって、肺ガンとなった患者による損害賠償請求訴訟が行われ、裁判の結果、たばこ会社に数十億円規模の賠償を命じる判決が出たことがありました。

「自分で吸って、あげく病気になったら損害賠償請求する、そんな権利が存在するのか」と変に感心したものでした。

もともと、たばこを吸う人の、ほぼ一〇〇％が「禁煙に挑戦した経験がある」といって間違いありません。

近年、嫌煙権の確立とともに、それこそ「煙たがられる」存在となっただけに、喫煙する人の多くは「やめたいけどやめられない」というのが実際です。しかも、最近は身近に禁煙に成功した人も増えてきているため、ますます「自分は意志が弱い」と思い込んでいる人も多いのです。

しかし、日本でも、国と「ＪＴ」を相手に損害賠償を求める裁判を行っている肺ガン患者の皆さんがいます。

先日、この「たばこ病」訴訟で、東京地裁は「たばこの依存性は弱い」などと請求を退ける判決を下しました。

この判決に対し、原告団の事務局長は「一年で一〇万人もがたばこ病で死亡し、医療費で年間四兆円の社会的負担と損失を生み出している。吸いはじめるとやめられない、やめないと死に至る。それがわかっていたら吸う人はいない。わからせないようにして売っている側の責任を問わないかぎり悲劇はなくならない」と新聞で語っています。

なるほど。たしかに、映画などで「かっこいい」小道具としてたばこが果たした役割は大きく、その代表例には裕次郎などもいました。「今日も元気だ、たばこが旨い」など健康と結びつけたＣＭさえありました。

この訴訟が、「やめられない」「自分は意志が弱い」と落ち込んでいる人を励まし、禁煙を広げるものとなるなら進歩です。「自業自得」のくせにと言わず、温かい目で見守りたいと思います。

二〇〇三年締めくくり「あかさたなカルタ」

——2003.12.25——

今年、最後の「くもりのち晴れ」。「あかさたな」で一年を締めくくってみました。

《あ》圧倒的な強さで「一八年ぶり」のウップンをはらした阪神タイガース
……「にわか虎ファン」も大量生産

《か》掛け金の大幅引き上げを実感した、ボーナスからの共済掛け金
……「いつの間に、誰がこんなことを」とは、気がつくのが遅い

《さ》サダム・フセインが逮捕されても消えるわけではない「ブッシュの戦争犯罪」
……殺され傷ついたのは、罪のないイラクの子どもたち

《た》「たまらんナー」次から次と出てくる「思いつき」
……サマータイムの次は県庁宿直

《な》「なんでこんなことになるの」と全国の人を驚かせた、「豊郷小、守れ」の運動
……大野氏の復活に、「なんでだろ～、なんでだろ～」

《は》「派遣するな自衛隊」「憲法守れ」の声が聞こえぬか

……小泉首相、聞こえるのは、「ブッシュホン」だけ?

《ま》まかやし「改革」の極めつけ。三位一体の「改革」で、地方財政は「破綻」の危機に

……「東京一人勝ち」に知事会も「猛反発」

《や》「やらせ」からリサーチの「でっち上げ」まで「マスコミ」を覆う腐敗と堕落

……選挙では民主党躍進に一役を買う

《ら》「拉致」事件、北朝鮮による犯罪から国内での変質者による女児「拉致」の続発

……北朝鮮による犯罪から今度は国内での変質者による女児「拉致」の続発が社会問題に。背景に、書店にあふれる「少女ヌード雑誌」のエログロ文化

《わ》「ワールド・マスターズ・ゲームズ」の招致を知事が発表

……モントリオール、ミュンヘンが棄権をしてコペンハーゲンとシドニーと競うことに。いつの間にこんな大都市に仲間入りした?

《ん》ん? どう考えても理解できない凶悪犯罪と低年齢化

……ゲーム感覚?

こんなふうにふり返って見ると「ええことがホンマになかったナー」という一年。「県職」の頑張りが輝きました。

映画『半落ち』のこと

2004.2.18

映画『半落ち』が好評です。横山秀夫原作『半落ち』の映画化ですが、主演の寺尾聡の抑制のきいた演技が光っていて、「この人、ますます親父に似てきて、いい役者になってきたなー」と感じさせます。「半落ち」とは、警察の取り調べに対して被疑者が秘密の暴露をふくむすべてを自白するのを「完落ち」というのに対して、すべてを自白しないものを指す警察用語だそうです。

さて、映画は、アルツハイマー病に冒された妻を殺して自首をしてきた県警の元敏腕刑事、梶聡一郎の犯行後の空白の二日間をめぐって、ミステリー仕立てで展開します。

この空白の二日間の行動次第で事件は、「嘱託殺人」なのか「殺人」かに大きく分かれますが、彼はかたくなに、この二日間を語ろうとしません。そして「あなたの人生で守りたいものは何ですか」「あなたは誰のために生きていますか」と、人が生きることの意味を問いかける台詞が出てきて考えさせます。

映画は、そのほか、介護の問題、白血病で骨髄移植を待ちながらドナーが見つからず亡くなる息子、警察と検察の裏取引をめぐる攻防などを、多彩に散りばめて展開します。

最後に、「妻は息子を亡くし、アルツハイマーで壊れていくなかで二度、息子を失くした」「魂が壊れていくことが忍びなかった」と語る彼に、同じく父の介護を抱える裁判官が「魂が壊れれば、命を奪っていいと裁く権利なんか、私にも貴方にもない」と、涙ながらに訴える……圧巻です。

エンディングの主題歌「声」が良いこともあって、ハンカチを手にした観客をして席を立たせません。

ところで、最近明らかになった北海道警察の裏金問題。元本部長の証言も出てきましたが、こちらもまだ「半落ち」です。

今度は「五事を正す」の唱和まで

――2004.4.13――


例年実施されている年度当初の機関長会議が、六日に実施されました。

この機関長会議の招集を受けた管理職の方から、「スケジュールに『五事を正す』の唱和が入っている。こんなこと、かなわんナー」というつぶやきが伝わってきました。

さっそく組合として、

①市民憲章など公的な手続きによって策定されたものならいざ知らず、知事が提唱しているスローガンにすぎないものを全員に唱和させることは問題がある。

②目的は何か。なんの意味があるのか。

③中身もさることながら、「したくない人」に事実上強制することになる。

④六〇〇人の管理職が唱和している姿を想像するだけで寒気がする。まるで、いかがわしい「宗教団体」のようで気味が悪い。

⑤結局、知事への忠誠を示す儀式となる。

という趣旨で、唱和の中止を申し入れました。

この申し入れを伝える『県職ニュース』には、さっそく管理職の中から「ありがとう」という感謝の声も寄せられました。

が、結果は周知のように計画どおり実施され、新聞では「珍しい出来事」として伝えられることになりました。

県政に携わる職員だからこそ、「ワールド・マスターズ」の招致や栗東新幹線新駅建設を強引に推し進める現在の県政が、「県政は生活者原点」「納税者の目でコスト削減」「県政の課題は現場にある」という理念（「五事を正す」の一節）に「ことごとく反しているのでは」という疑問が根本にあり、「違和感を感じる」のです。

逆に、これらの事業も含めて、「五事を正す」にそった問題ないものと「理解」させる「洗脳」の儀式かと批判したくもなります。昨年の会議では、最後尾から二、三列目までに座った職員に「もっと前に座るように」。会議への参加意欲が問われる」と、いきなり挨拶の冒頭に移動を指示する事件もありました。今年は「唱和」までも、です。

県政が権力化しつつあるとの「心配」は、私一人なのでしょうか。意に添わないからと「口だけパクパクさせといたワ」というHさん、ご苦労さまでした。

——2004.5.21——

年金改悪と国会議員の未納問題

「年金改革」が審議されている今国会、「一〇〇年安心」との公明党のスローガンが「売り」でしたが、「一〇〇年安心」どころか「一〇〇年心配」の、とんでもない代物であることが明らかになってきました。

「改革」案は、二〇一七年まで毎年、自動的に掛け金を引き上げつつ、その到達した額で固定する。給付額は「標準世帯」の場合で現役の五〇％の水準に切り下げ、その額を確保するというものでしたが、この二つともが大ウソだったということです。

しかも、この改悪案を成立させるために付け加えられた「三党合意」がひどいものです。二〇〇七年までに「税負担と給付のあり方について検討する」と消費税の税率アップに道がつけられ、さらに「年金の一元化」までが、検討課題として付け加えられました。

事業主負担のない国民年金方式に共済長期も厚生年金も変更したい、との財界の要求を民主党が代弁して「ねじ込んだ」ものです。これでは「毒まんじゅう」のうえに、さらに、毒を塗ったようなものです。

また、今国会では国会議員の未納・未加入問題が次から次と出てきて、国民は「開いた口がふさがらない」ということになりました。

小泉総理の学生時代の未加入問題はおくとしても、国会議員となってからの未納などは許されません。さらに、他党の党首には「人を批判する人がケジメをつけなければ」と言っていたのに、「自分も未納だった」という公明党三役のそろい踏みには、あきれるばかりです。

しかも「慙愧に堪えない」で「けん責」というもっとも軽い「処分」で一件落着のようです。「慚愧」とは、「慚」も「愧」も恥ずかしいという意味。「慚愧に堪えない」のは、こちらです。

「お父さん仕事に行ったらアカン」――悲しい詩

――2004.9.17

ここに一編の詩があります。小学校一年生の辻田まさひろ君の作品です。

「ぼくの夢」

大きくなったら
ぼくは博士になりたい
そしてドラエモンに出てくるような
タイムマシンをつくる
ぼくはタイムマシンにのって
お父さんの死んでしまう前の日に行く

そして「仕事に行ったらあかん」て
言うんや

……この作品は、和歌山県橋本市役所に勤務する辻田豊さん（当時四六歳）が、二〇〇〇年三月に過労自殺されたとき、お父さんの死に直面したまさひろ君がしたためたものです。事情を知って読めば、読むたびに涙が出て止まりません。

この辻田さんの「自死」は当初、「公務外」と退けられたのですが、遺族の審査請求と労働組合あげての支援活動の結果、二〇〇四年一月に逆転裁決で「公務災害」と認定されました。当日の朝、奥さんから「今日は休ませてもらったら」と言われながら家を出た辻田さんは、市役所には向かわず反対方向にある市長宅近くの山に入り、一人で五時間ほど過ごして一通の遺書を残したあと、縊死を遂げたというものです。

残された遺書には、「許して下さい。仕事に疲れ果てました。弱い人間でした……」などとあり、市長宛の遺書には「情報公開、こんなスケジュールではなかった。まさに、丸投げの状態で本当に苦しい毎日でした。私には相談できる人はいなかった」と痛苦の心情が綴られていたそうです。

こんな事案でも、「本人の性格、素因など、個体的要因が大きな要因となっている」として退ける公務災害基金の認定には、あきれるばかりです。

全国で「自死」する人が年間三万四〇〇〇人を超えるというこの国で、子どもに「お父さん、仕事に行ったらあかん」などという悲しい詩をこれ以上作らせないためにも、杉江さんの自死に対する公務災害認定も、との思い新たです。

優太ちゃんの救出と香田さんの死

――2004.11.8――

新潟中越地震で地すべりにより、車ごと土砂に埋もれていた皆川さん親子三人のうち、優太ちゃんが四日ぶりに救出されたニュースは、多くの人に感動を与えました。これこそ奇跡とか言いようのない多くの偶然が重なって救出された、その一部始終を伝える報道には思わず涙ぐみます。

四日間も飲まず食わずで、暗闇と寒さのなかで過ごす「恐怖」は、想像を絶するものがあります。恐怖と絶望のなかに身をおいて、大人なら何時間精神がもつでしょう。お母さんやお姉ちゃんといっしょの生還でなかったのが悔やまれます。

一九八五年の夏、日航機のジャンボ・ジェット機が群馬県の御巣鷹山に墜落したときも、奇跡的に生存していた女子高生の川上さんが、ヘリコプターで吊り上げられ救出された感動的な場面も鮮明に記憶に残っています。人の生命の尊さと、それが守られたことへの感動です。一方、時を同じくしてイラクに入っていた福岡出身の香田さんが、イスラム過激派武装組織の人質となり、三一日未明には殺害されていたことが伝えられました。

罪のない一市民に対する残虐非道な殺害に怒りを感じます。しかし、自国の国民が人質に取られて軍隊の撤退を要求されたとき、直ちに撤退を決定したフィリピンと違って、「撤退はしない」「テロには屈しない」と早々と挑戦的な談話を発表し、「殺したければ殺したらいい」といわんばかりの小泉談話には、この人の本質を見た思いです。

「平和で豊かな国」「友好国・ニッポン」として遇されてきたこの国を、一市民の遺体が「アメリカの手先」として星条旗にくるまれて放置されてしまうところまで、イラクの人々と敵対的な関係にしたのは誰なのか。イラクへの自由な旅行さえ許さない事情を誰がつくったのか。そのことを省みないまま、「軽率、自己責任」で切り捨てる風潮に危惧を感じます。優太ちゃんも香田さんも、同じ命なのにと。

相次ぐ「集団自殺」事件……なぜ？

2004.12.7

今年に入って何件目でしょうか。年の後半に入ってからでも一〇月に埼玉県で七人が、神奈川で二人が、一一月には東京で四人が、群馬で三人が、そして静岡では男女四人が、と「集団自殺」が続きます。極めて異常な事態です。

かつて、「集団自殺」といえば「宗教がらみ」が相場でしたが、最近のそれは、いずれも、お互いに面識はなくインターネットで知り合った者同士といいますから、「信じられない」思いです。

自殺した人は圧倒的に二〇代の若者で、「仕事がない・求職活動がつらい」、「受験に失敗」などの悩みを抱えていた、といわれています。若者が抱える、これらの悩みは「真綿で首を絞められるような苦痛のなかで生きている状況」に彼らを追い込んでいると言われます。

会社訪問を繰り返しても繰り返しても、断られつづける青年にとって、「就職できない」のも「自分が悪い」「自分に価値がない」からと、自らを追いつめることになるのは想像に難くありません。企業の都合によって吹き荒れるリストラの嵐が、青年の就職を困難にし、「人間の値打ちを否定する仕打ち」となって若者を傷つけていることは確かです。

孤独で追いつめられた青年が、自らの将来とこの社会に希望が持てず「自殺願望」にとらわれ、インターネットで「心中相手を募集しています」と呼びかけられると、「仲間意識」を感じ、それに応じるという人間模様が浮かびあがります。

雇用問題を「経費」としか見ないで、「抑制」することがすべてに優先する社会の歪みを正さない限り、深刻な現象にストップはかからないように思えます。

それにしても、人は、「死」を選ぶときさえも、人と人との「つながり」や「連帯」を求めることに、あらためて気づかされます。

ならば、人間らしく生きるためにこそ連帯したいものです。

ＮＨＫ報道への政治介入と受信料のこと

——2005.2.2

ＮＨＫ番組「問われる戦時性暴力」に対する政治介入問題は、今国会の一つの重大問題です。ことは、表現の自由や検閲の禁止にふれる憲法と民主主義にかかわる問題だからです。

この問題でのＮＨＫの対応は、関係者による弁明の記者会見を行い、これを一方的に報道し、それをニュースでも繰り返し流すという常軌を逸したものでした。これでは、ＮＨＫが一部幹部にハイジャックされたに等しい、と感じたものでしたが、ＮＨＫがこれによって、政治介入問題を「言った、言わない」の水かけ論に持ちこむつもりだったのは見え透いていました。案の定、その後は「朝日」vs「ＮＨＫ」的な報道が目につき、本質を見失った方向が目立ちはじめてきました。しかし、この「弁明」によって政治介入があったことは、かえってはっきりしました。

番組の報道前に、「従軍慰安婦問題はなかった」と歴史の事実を歪曲する特殊な立場にたつ政治集団の会長や役員を務める安倍氏などに説明をし、「公正にやれ」と注文を付けられ、放送の直前まで編集のやり直しが行われたという事実が、「介入・検閲」そのものであることは明白です。

しかも、中川経済産業相に関しては、放送後であったかのように口裏合わせまでしているという点で悪辣です。氏自身が、その後民放テレビで「伊東制作局長から、番組についていま検討している最中です、と説明があった」と語り、「ということは、放送前に会ったということですね」と突っこまれて、しどろもどろになっていたことからも明らかです。

この重大問題で事実を隠ぺいする体質のＮＨＫを見て、わが家でも受信料支払い拒否の手続きをすることにしました。

ささやかな抵抗ですが、権力におもねるマスコミによって、日本国民はひどい目に遭わされてきたという歴史の教訓を知るからです。

マータイさんと「もったいない」文化

――2005.3.24――

ノーベル平和賞を受賞したマータイさんが来日したとき、日本語の「もったいない」という言葉を知り、感銘を受けたと紹介する記事がありました。この、「もったいない」という言葉は英訳できないのだそうです。そんな概念、思想が欧米には、ないということなのかもしれません。

もともとは、中国から伝来してきた思想とか。「万物の創造主」たる神仏や貴人に対する不都合のさまを言い、自然の恵《めぐみ》への感謝と畏敬の念が根底にある言葉と理解します。広辞苑によれば、「勿体《もったい》ない」は物の本体を失する意味、とあります。

過労死など英訳しようのない事象・文化が、そのまま「カローシ」と海外で使用されることになったのとは違って、誇らしいことかもしれません。またひとつ外国の人に日本語の良さを教えられた気もします。

マータイさんによれば、「もったいない」とは消費削減（リデュース Reduce）、物資の再利用（リユース Reuse）、資源の再利用（リサイクル Recycle）、修理（リペア Repair）の「四つのR」からなるとのこと。彼女は、この言葉を世界に広めると約束して帰国しました。

その後、さっそく国連の「女性の地位委員会」で演説し、環境保護の合い言葉として日本語の「もったいない」を紹介し、「さあ、皆さんも、ご一緒に。『もったいない！』」と唱和を呼びかけたと、ロイター通信が伝えています。

六〇～七〇年代、日本は「高度成長」を始め、街には「スーパーマーケット」が登場し、料理旅館なみの大型冷蔵庫が家庭に進出して、「大量消費」が「美徳」のように奨励された時代がありました。それは、「もったいない」という言葉が「忌避」され「小さくなっていた」時代でもありました。

二七年間の植林活動を通じて三〇〇〇万本の植樹を行ってきたというマータイさんに教えられるまでもなく、あらためて「もったいない」という言葉と文化を大事にしたいものです。

一〇七名の命を奪ったＪＲ尼崎の事故

2005.5.12

びわ湖をとり巻く四囲の山々の新緑が鮮やかです。そして、柔らかな緑に包まれて咲く山ツツジのピンクがひときわ鮮やかです。

心地よい季節、せっかくの連休も「農繁期と重なり……」という人が多いのかもしれません。「米どころ滋賀」の連休中の「風物詩」も、これが「近江米」の質を落としているとして、植え付け時期を少し遅らせるようにと県は呼びかけていますが、兼業農家が多いためなかなか解決しない「悩み」でもあります。

連休前に起こったＪＲ福知山線の脱線事故は、一瞬にして一〇七名もの人々の命を奪う大惨事となりました。

この事故について調査が進められていますが、結果を待つまでもなく、はっきりしていることがいくつかあります。

国鉄から民間企業となったＪＲが、「利潤追求」を第一に、この間リストラ・人減らしを極限まですすめてきたこと。そして、儲けのために、とくに都市部では超過密ダイヤを編成し、私鉄と競合する路線ではスピードアップを至上命題にした経営が行われてきたこと。この超過密ダイヤのもとで働く人々には、超過密労働と少しのミスも許さぬ管理体制が、「成果主義」のもとで強められていたこと、などです。

事故を起こした運転手は、以前に起こしたミスで「乗務停止」処分となり研修を受けていたということですが、この研修も「草むしり」をさせるなどのヒドイものだったとのこと。これでは、「しごき」「いじめ」に等しいものです。前の駅での「オーバーラン」と一分半の遅れが、二三歳の若き運転手に「とてつもないプレッシャー」を与え、暴走に駆り立てたことは想像に難くありません。

ＪＲの、この「体質」を変えないかぎり、悲劇は後を絶たない気がします。

「官から民へ」「リストラ人減らし」「成果主義」を、まるで「三種の神器」かのように扱う「利潤第一主義」社会への検証が求められています。

歴史も文化も近くて親しい国、韓国との友好を

2005.6.2

東京か大阪かとみまがうばかりの高層ビルが建ち並び、行き交う車は「ぶっ飛ばす」勢いです。すれ違う人々はなんとなく、元気ハツラツ。髪の毛も瞳も黒、肌の色は黄色で、街にはファミリーマートがあって英語、漢字の看板がかなり氾濫しています。

そして、都心から三〇分も車で走れば水田が一面に広がり、五月はちょうど田植えの最盛期。乗用で六条植えの機械が活躍していて、「ここはどこやった?」ととまどい、錯覚するほど。

それが最近訪ねた韓国の姿です。

言葉も「ハングル」だから、まったく違うのかと思えば、結構理解できる単語もあります。さらに、相撲取りなどの「ちょんまげ」も日本独特の文化と思っていたら大間違い。もともとは朝鮮の言葉と知りました。「チョン」と「マゲ」に分けて、それぞれ二つの意味を持つ言葉からできた単語とか。意味を聞かされ、びっくり、大笑いですが、この欄での解説は、はばかられます。

また、今、世界から注目されているビッグプロジェクトで、都心を走る高速道路を取り壊し、河川を復活させて「せせらぎ」を取り戻す事業が進められています。

この工事中に出てきた水位計の石柱には尺の目盛りが刻まれていて、「韓国もかつては尺貫法でしたか」と聞いて、たしなめられました。「もとは中国から韓国へ、そして日本に伝えられたのです」と。

そして、日本が、かの地を植民地として支配し、独立運動を闘った人々にどんな野蛮な拷問などを加えてきたかを展示した資料館もあります。

こんなに距離も文化も近い国でありながら、なんと「遠い国」になってしまっていることか。日本の「窓」から、いや最近ではアメリカの「窓」からしか、世界を眺めていない日本人の「不明」を恥じ入るばかりです。

もっとも近くて、親しくしなければならない国に対して、歴史を歪曲して軋轢を起こすことが憲法改悪の意図と結びついて進められていることに心が痛みます。

――2005.6.22

石原東京都知事のこと

「子どもを産めなくなった女が、ババアとなって長生きする悪しき文化」とまで、ののしった石原東京都知事。女性が生殖のためにのみ存在するかのような暴言で、女性蔑視そのものです。さらに、精神障害者には「彼らにも人格はあるのか」と発言したり、在日外国人に対して「三国人」と蔑称を公然と使用し「治安が悪くなった」とののしるなど、これが日本の首都、東京都の知事なのかと国際社会からも日本の品位が疑われました。

虚言・妄言癖があるこの人物、挙動からは神経質で気弱さが伺えますが、最近では沖ノ鳥島近海を潜ってみたり「命がけで憲法を変える」と発言したり、まるで「和製・ヒットラー」気どりのパフォーマンスだけは得意のようです。

最近では、知事でありながら週二日か三日しか出勤せず、都政は浜渦副知事に任せっぱなしであったことや、この副知事による都政運営が独断・専横の限りをつくしたものであったことが問題となっています。この副知事には部長、局長クラスも「お手紙」を書かないと会ってもらえないとか。

また、都議会で浜渦副知事による政略的な「やらせ質問」を民主党が行っていたことも問題になり、副知事は辞任に追いこまれました。

もともと、この人物は石原氏が国会議員をしていたころからの秘書だったといいます。かつて二人の関係を問われて、知事は「秀吉と三成のようなもの」と説明していたようですが、今回は「シッポ切り」で済ませて知らん顔です。今回の「やらせ」も、知事自身が仕かけたものだったことが明らかになっているにもかかわらずです。

なにせ、自公民のオール与党体制。加えて知事を「改革の同志」とまで持ち上げる民主党、さらに、石原批判にはまったく「および腰」のマスコミ……。それらの存在が、石原東京都知事を強気にさせています。

いつまでも「弟」を売り物に、好き放題を許すわけにはいきません。都議選での都民の審判が注目されます。

新幹線新駅は「不便」と認めた(?)県広報

――2005.7.29

新幹線栗東新駅の建設にかかる費用負担一一七億円の債務負担行為が、県議会で可決されました。

この議決を前に、新幹線新駅推進の立場から、「未来への指定席あります」と謳うタブロイド版カラー刷りのチラシが県南部地方に配布されています。

駅舎建設の負担一一七億円から、駅前開発関連を含めれば一六五億円ともいわれる巨額の県費を投入する事業なのに、県北部の人には知らせなくていいのかという思いもありますが、県に確認すれば、これだけでも二八万部、二五〇万円の費用を要したとか。

さらに、このチラシでは、漫画で疑問に答える形がとられています。

「京都駅や米原駅があるのに必要なんですか」

「駅ができても誰も乗りに行かないって聞きますよ」

「在来線からの乗り換えもしにくそうだし」

などと、県民のなかにある疑問を取りあげています。

しかし、その答えは、

「新駅は便利さだけのためじゃなく、県全体が発展していくためのものなんだよ」と、便利でないことを認めたようなものとなっています。

これは「乗る、乗らないのレベルで議論されるのは残念である」という知事の珍論（先の県議会での答弁）を踏まえたものですが、駅建設のコンセプトは、「乗るか、乗らないか」「便利かどうか」です。

「不便で、誰も乗らない駅」なんて「いりまへーん」が世間の常識だと思うのですが……。

「刺客」騒ぎは、国民の声が「死角」に

――2005.8.29

郵政民営化法案が参議院で否決されて、小泉首相は衆議院の解散を強行しました。

そもそも、今回の郵政の民営化は、まず、憲法に保障された通信の秘密を含む自由を実現するために、全国、どこでも、同じ料金で配達される郵便局のネットワークをズタズタに壊すものです。

さらに、全国二万四〇〇〇局の郵便局があるからこそ預けられている、国民の零細な郵便貯

金など三四〇兆円の資金を、民営化によって市場に放り出し、大手金融・証券機関の食い物にしようとするものです。郵便局があるからこそ抑制されていた手数料などが、一斉に引き上げられる可能性もあります。

また、うたい文句の「官から民へ」、公務員の削減と財政再建に寄与するというのも「真っ赤なウソ」。すでに公社化され、独立採算で一円の税金も投入されていないことや、逆に、民営化された場合、法人税などが三二四五億円、公社としての国庫納付金が三八三六億円と六〇〇億円近く国庫への収入は減るということも国会審議を通じて明らかになりました。だからこその廃案だったのです。

ところが選挙になったとたん、この事実がどこかに吹っ飛び「郵政民営化に賛成か反対か」から「改革に賛成か反対か」と情緒的に語られ、反対した議員には「造反議員」とのレッテルまで貼られています。

そして、その議員を落選させるための仕打ちを「刺客が誰々に」などとマスコミが、面白おかしく報道しつづけています。

こんな現象に怒りを感じ、「まるでヤクザ」「刺客なんて言葉を抵抗なく使うマスコミもひどい」と電車のなかで会話していたら、突然となりの「おばさん」（失礼）から「ホント！」と力強い相づちが飛んできてびっくり。

やっぱり「頭にきている人はいる」と実感する一幕でしたが、最近のマスコミ報道には国民の怒りが「死角」になっている、と感じます。

世界の人々から称賛される憲法九条

——2006.1.4

戦後六〇年の節目の年であった二〇〇五年をふり返ってみれば、戦争と平和の問題で、地方自治をめぐる問題で、そして、公務員制度「改革」による給与制度「改革」問題から暮らしの問題まで、「この先、この国と私たちの暮らしはどうなるの？」と何度つぶやいたことでしょう。

人々のなかに渦巻く将来への不安は、市場原理の名のもとで強まる弱肉強食の社会がもたらす「陰」の部分でもあります。「勝ち組・負け組」という言葉と文化に象徴される「ささくれだった」社会が、次から次と凶悪犯罪を生みだしています。

「支え合い、いたわり合う」人間らしいあたり前の社会をとり戻さなければなりません。

なによりも、そのおおもとに、「世界の人々と協調して、平和で安全、人が人として尊ばれる人権と民主主義の国づくりを目指す」ことを世界の人々に約束した「日本国憲法」を活かすことが求められています。

憲法を変えようとしている人々からは、「九条を変えることが眼目」と公然と叫ばれています。要するに、アメリカとともに「世界の憲兵」となって、この国を「戦争する国」に造りかえることに狙いがあります。九条二項があっての「平和主義」です。また、九条があってこその人権であり、自由と民主主義です。

父や母、そして祖父、祖母の苦難の経験のなかから生まれ引きつがれた憲法が、いま、世界から注目され「理想であり、希望である」と賞賛されているとき、その価値に私たちが光を当てなければなりません。今年は、憲法を次の世代に引き継ぐ正念場の年です。

第Ⅱ部

京町三丁目

党名を変えても消えない歴史的汚点

——1996.2.2——

「こんな時に引き受けるバカはいない」と自民党の幹部が言ったという大蔵大臣に社会党の久保亘氏が就任しました。国民の八割が反対している「住専」への六八〇〇億円を超える税金投入について、社会党に泥をかぶせてでもやらせようとの魂胆であり、社会党も自らその実行者となる決意のようです。

結局、一年半におよぶ村山政権は年金の改悪から米の輸入自由化、消費税の税率アップ、さらには戦前の治安維持法の再来である破防法の復活まで歴代の自民党政権ではできなかったことを全部やりとげました。

あまりの悪政に対する批判の高まりのなかで、とうとう政権を投げ出さざるを得なかったにもかかわらず、もっとも批判の高い「住専」問題も社会党の責任で国民に押しつけるというのですから、この党の「背信」は確信犯なのでしょう。こんなことを正しいと信じてやるのですから深刻です。たとえ名前を変えても、この党が果たした歴史的役割について国民はしっかり記憶にとどめていることを「次の機会」に示さなければなりません。

「大庭嘉門」事件のこと

――1996.11.25――

最近、役所の人権感覚が問われる事件が続いています。

ひとつは、川崎市でのこと。幼稚園の就学資金減免の申請用紙の記載例に申請者の名前を「大庭嘉門」と例示し、ふりがなには「おおばかもん」とあったとのこと。そして、その妻は「大庭かよ」となっていた、というのですからヒドイものです。

問題になって、当初は「他意はなかった」などとしていましたが、結局は、まず「おおばかもん」があって漢字を当てただけだったと判明しています。「減免申請」が持つ権利性についての、根深い侮蔑意識が働いていることは明らかです。

もうひとつは、横浜市で粗大ゴミ回収の有料化にともなって作られた、「優しく使えばまだ使える」というキャッチフレーズのポスターに、粗大ゴミの中で涙を流している中高年の男性が漫画風のイラストで描かれていたこと。

「おやじをゴミ扱いして許せない」と抗議の声があがって、市当局は回収に乗り出したとか。「会社人間」など「仕事だけが人生」への自戒を込めて生まれた「濡れ落ち葉」や「粗大ゴミ」

論と、本当のゴミ問題が一緒にされたのではたまりません。

役所が「住民こそ主人公」という立場を忘れ、「住民の権利」を軽視する「退廃」が進行しているのではないかという気がします。市民の「役に立つ所」それが役所のはずです。

女子保護規定廃止で男も女も大変なことに

――1997.3.26――


毎年、春の訪れを告げるように我が家の庭先にやってくるウグイスが、少しばかりの植え込みで、たどたどしくさえずっていたのがついこの前のことです。

なにか心躍るものを感じていた矢先の三月二三日、この日は花吹雪ならぬ粉雪が舞い散る日となりました。せっかくほころびはじめたモクレンの花と桜の蕾も思わずつぼんでしまうような冷えこみのなかで、春闘勝利をめざす県民集会が膳所《ぜぜ》公園で開催されました。

この集会で披露された、労基法の女子保護規定の撤廃に関する紙芝居が、大変わかりやすく好評でした。

女性に対する深夜労働の制限が撤廃されれば、男も女も同じように三交替勤務が当たり前となり、男性に比べて低い賃金水準にある女性が「重宝」されることによって、男の働く場所がなくなっていったり、賃金の低下につながる問題があること。また、子どもを生み育てたいと願う普通の女性が、結局、働きつづけられなくなる、などわかりやすく語られています。どこまでが台詞《せりふ》なのか、そしてどこまでがアドリブなのか、わからないほどに演技をこなす演者も見事でした。

紙芝居という古きよき日本の庶民文化を使って、資本の身勝手な論理を喝破する働く者の知恵と楽天的な明るさが、底冷えする寒さで縮む心を暖かくしてくれました。

——1997.4.30——

米軍のために国民の財産を奪う国

沖縄県民の土地を、米軍占領下、銃剣とブルドーザーで取りあげて造られた米軍基地。その米軍による使用を「合法化」した米軍用地特別措置法に基づく使用が、この五月一四日に期限切れを迎えます。

すでに、「象のオリ」で知られる「そべ通信所」で政府による不法占拠が続いています。この事態に加えて、新たに三〇〇〇名を超える反戦地主の土地の使用期限が切れるのを前にして、政府は、米軍用地特別措置法の改悪を今国会で強引に成立させました。国民の生命と財産を保護するために存在するはずの国家が、自ら、憲法第二九条に保障された国民の財産を侵害する暴挙を行ったことになります。

この国の政治が、国民の生命を守ることにまったく無力であったことが、阪神大震災で証明されました。それに続いて、アメリカと米軍のためには、自国の国民の財産さえ取りあげるという、とんでもないものであることが明らかになりました。

この不法な土地取りあげに、国会を構成する議員の九〇%が賛成するという、文字どおりの「翼賛国会」が五〇年ぶりに出現したことにも、戦慄を覚えた国民は多いはずです。かつては、「聖戦のため、天皇のため」であったものが、今は「米軍のため」に変わっただけにすぎません。

表向き反対のポーズをとりつつスピード審議に協力した社民党も含め、委員長報告を行った自民党の幹部が「翼賛議会とならないよう」注意を喚起するほどに、「安保絶対主義」がこの国の議会を異常なものとしています。

プロ野球の「乱闘事件」とスポーツ文化

――1997.6.11

プロ野球審判の日米交流事業で来日していた、ディミュロ審判員が辞任し帰国することになりました。

日本のプロ野球界の暴力に対して、「これまでにない恐怖を感じた」として辞任を申し出ていたもので、アメリカ大リーグからも「帰国せよ」との指示が出たためです。ことの発端は、五日の中日―横浜戦での判定をめぐってコーチ陣から取り囲まれ、こづく・突っつくなどの暴力を受けたことのようです。

日ごろから、日本のプロスポーツ界の暴力賛美の傾向に、疑問を感じている人も多いはずです。スポーツは、鍛え抜かれた身体とその肉体がくり出す技を競う、高度に発達した人間文化であり、確立されたルールとそれを尊重することが絶対的な前提となっています。そのルールが審判の権威の裏づけでもあります。本来、審判への暴力を含む抗議や選手同士の暴行事件など、あってはならないものです。にもかかわらず、日本の場合、こうした事件を「乱闘」として面白おかしく取りあげ、それを煽る風潮がマスコミに存在することが問題です。

日本のスポーツ界が克服しきれないままでいる非科学的な「根性主義」が、暴力による選手への支配・管理と表裏一体のものとなっており、そうした体質のなかで今回の問題は発生したのです。問われているのは、スポーツ文化の質の問題です。

学生を死に追いやる求職活動

――1997.7.15

学生にとって、今はもう就職戦線も最終盤とか。昨年までのように、真夏日とともに街にリクルートスーツがあふれはじめたのとは、うって変わった様相となっています。会社訪問の規制がなくなったこともあって、大学四年生には春から求職活動が始まることとなりました。

事実上、大学が三年制になったに等しく、教育上もいろいろと問題が出ていると伝えられています。そして、「こんな時代だから」ということではすまされない悲劇も生まれています。

小さな記事でしたが、求職活動がうまくいかないことを苦にして、新幹線に飛び込み自殺をした名古屋の学生のことが新聞で報道されていました。本人はもちろん家族にとっても深刻な事態です。

利潤追求のために、国境を越えて産業の空洞化を進める資本の横暴が背景にあります。が、先日大企業に働く総務部関係の管理職の方にこんな話を聞きました。

「会社のため、会社のためとリストラを進めてきた。気がついたら、何のことはない、自分の息子が就職できない社会になっていた」と。

民間企業では、当然のように「会社のため」という価値観がすべてに優先される……その背景には成績主義と勤務評定があることは明らかです。その「勤評」がゆがんだ競争とイジメを生みだしています。

おもしろかったのは、通勤途上で出会った車中の学生の会話。

「○○はやめといたほうがいいで。実績主義と年俸制で、ものすごくキツイらしいで」

彼らはしっかりと見抜いているようです。

——1997.11.4

景気対策といえば公共事業という「愚」

鉛色の雲が空を覆い、冷たい時雨《しぐれ》がしとしと地面をぬらします。西高東低の気圧配置によって、日本海上空の湿った空気が雨になります。湖北・湖西地方では特有の時雨となり、やがて雪に変わる冬の到来です。

この雨も、そしてやがて降る雪もびわ湖にとっては大切な水と酸素の供給源であると教えられても、暮らしのうえで難儀なものであることに変わりはありません。鉛色の雲に覆われる日本海側の冬型の天気と同じように、四月の消費税の引き上げから特別減税の廃止、さらに九月一日からの医療保険制度の大改悪によって、国民の懐もすっかり冷え込み、不況は深刻さを増しています。晴れ間の見えないことでは、天候以上に深刻でさえあります。

最近、アメリカやイギリスの経済誌で日本の不況の深刻さが指摘され、「消費税の税率アップが誤りだったのではないか」との論調が出てきています。国際経済から見ても、日本の不況が問題になりはじめていることの現れでもあります。

財政構造改革と景気対策の板ばさみに、橋本政権の行き詰まりを指摘する報道もありますが、本質を見ないものです。財政構造改革法案に示される公共投資などの無駄や浪費の構造にメスを入れないまま、社会保障制度のさらなる改悪を進める方向が、すでに「経済のカジ取りを誤る」ことの繰り返しと「上塗り」だからです。

官僚批判で有名な人が、「霞か関に経済学のわかる人物はいない」と言ったことがありますが、それを証明するかのように、再び景気対策として「一兆円規模の公共事業」の話が出ています。「懲りない面々」「わからない面々」です。

「むじんくん」の奥のアリ地獄

——1997.12.15——

毎朝、出勤のたびに、駅前のティッシュ配布に出合います。職場では、それを溜めこむダンボール箱が、用意されているところさえあるほどです。ほとんどが「サラ金」のものです。今、この「サラ金」業界は隆盛を極めているとも言われており、新聞報道では武富士などの大手の経常利益は一二〇〇億円を超え、松下電器なみの儲けを上げていると伝えています

転機となったのは「¥ｅｎむすび」「むじんくん」などの自動契約機の出現と言われています。確かに、人との対面なしに金融機関のキャッシュコーナーと同じ感覚で五〇万円まで引き出せるということが、「借金をする」という「後ろめたさ」を払しょくさせる革命的変化をもたらし、同時に多くの人を「サラ金」のターゲットとして拡大することに役立ったことは明らかです。郊外のスーパーやパチンコ店が並ぶ近くに「むじんくん」コーナーが開設され、堂々と順

番を待つ人を見かけることもあり、業界の戦略が効を奏していることを感じます。

低金利時代を利用して、利ザヤ稼ぎが「えじき」となる人を広げることに拍車をかけ、五万円の借金を申し込めば「一〇万円まで融資します」と表示され、返済を始めると「五〇万円まで融資を広げる」と言われ、断われば「全額すぐ返せと脅される」という手口で、深みにはまる構造が作りだされています。

深刻な不況による生活苦と零細企業の経営の危機が、多くの人を「サラ金地獄」に引きずり込み、「笑いが止まらない業界」が出現するというゆがんだ社会を生みだしています。最近、川柳でこんなのを見かけました。

むじんくんの　奥に控えし　アリ地獄

——1998.4.27

ヤクルトおばさんのこと

自治労連の書記局にも、毎日「ヤクルトおばさん」が配達に来ます。それこそ雨の日も風の日も、です。たまに会話することがあって、驚く話が次から次と出てきます。

あの「ヤクルトおばさん」のユニホーム、会社の支給品ではなくて「レンタル」だということには驚きました。「レンタル」料を、毎月の給与から天引きされるのだそうです。「ヤクルト」を配達させせつつ低賃金で儲け、同時にレンタル業でも儲け、ダブルでしぼり取るのです。

さらに驚くのは、あのワゴン車は、「ヤクルトおばさん」が一〇万、二〇万のお金を出して、会社から購入しなければならないものだという話です。

また、どんなに暑い日でも、ご本人は、たとえヤクルト一本でも無料では飲めないとのこと。無断で商品を私物化すれば、窃盗にあたるということなのかもしれませんが、新しい商品の味を訪ねられても「答えようがない」のも道理です。

それもこれも、私たちが働く職場では思いもよらないことですが、これが平然とまかり通っていること自体が異状です。たぶん、労働組合があっても、「非常勤・パート」の問題として放置されているのでしょう。

そんなヤクルトの経営者が、信用取引で一〇〇〇億円を越える損失を生み、経営の危機に直面して背任・横領で追及され、あげく「雲がくれ」しているという話には、「開いた口がふさがらない」を通りこして、怒りさえ感じます。

あのヤクルトおばさんの苦労と、「レンタル」でしぼり取った結果を食い物にする経営陣の

「モラルハザード」が、ルールなき日本の資本主義を形づくっていることは確かです。「経済は一流、政治は三流」どころか、「経済（界）も政治も三流」です。

サッカークジ「ｔｏｔｏ」

——1998.4.27

サッカーファンにとっては胸おどるワールドカップが、いよいよ間近に迫っています。このサッカーファンは、なんと言っても若い世代が中心です。Ｊリーグのチーム名を聞かれても浮かんでくるのはひとつふたつがせいぜい、というわれわれ中年以降の世代とはわけが違います。つい先日、散歩に出かけて、近所にある高校の野球部の面々が練習の合間をぬってサッカーに興じているのを見かけたとき、「なるほど」と納得した次第でもあります。

今や、サッカーが子どもたちにとってもっとも関心のあるスポーツであり、スタープレーヤーは文字どおり、「憧れの的」であることは間違いありません。そして、世界の人々が、それこそ熱い注目を寄せる大会、ワールドカップという世界の檜舞台に赴く代表選手に一〇代の選手が二人も含まれていることに、サッカーのすそ野の広がりを感じます。

このサッカーを、スポーツ振興の財源確保のためと称して「とばく」の対象とする「サッカーくじ法案」が、多くの世論の反対や心配を無視して強行されました。子どもたちの健やかな育ちの環境をつくることが、大人の最低限の責務であるはずです。そのことを忘れ、「クジだから、とばくではない」と言いながら、「中学生や高校生は購入できないようにする」と言ってみたり、「親といっしょに購入や換金に来た場合は認められる」など「珍答弁」をくり返したあげく、採決時にだけ出席した委員の数を頼りに、賛成多数での「可決」です。

これで、「さすがプロ」と思わせるプレーにも「あのおかげで、くじがパアになった」とハズレ券をスタンドに放り投げる子どもたちの姿が出現しないと誰が保証できるのでしょう。自民党のなかからも反対者が出たにもかかわらず、これを強行し、成立したときには笑顔で提案者と握手を交わしていた、県選出の民主党議員の神経を疑います。

県の公金横領事件ともみ消し疑惑

――1998.8.1

新しい知事に國松善次氏が就任して一か月余りが経過し、県庁では、新年度の予算編成にむけ「知事の公約」と来年度の重点事業についての論議が始まっています。

ところが、この知事の就任以来の定例の記者会見は、新しい県政について語る場所にはなっていません。それどころか、県職員組合が告発した公金横領事件ともみ消し疑惑に対する質問が集中する、異例の事態となっています。

それは、とりもなおさず、「あったこと」を「なかったこと」にし、さらに「しなかった」処分を「した」ことにして、「もみ消し」に加えて「うそ」で糊塗しようとする誠実さのひとカケラもない態度に対する県民の批判の高まりがあるからにほかなりません。県庁のなかからは、記者会見が行われるたびに「あまりにも情けない。恥ずかしい」との声が出るほどです。

レベルも注目する人々の数でも桁違いですが、不倫疑惑の追及に降参したクリントンが「不適切な関係」という名言（?）で素直に認めたのとも大違いです。高い倫理観や道義が求められる政治家の誤りや間違いと、個人のレベルの問題を同じように扱うわけにはいきませんが、誤りや間違いを犯すことが恥ずかしいのではなく、その処理を巡っての誠実さが、その人間の真価を問うのです。

素直に認めはしたものの、テロリストへの報復を理由に「猫だまし」のようにいきなり他国にミサイルを打ち込むクリントンの粗暴さには驚くばかりですが……。いずれにしても、この地球と、この国の政界・経済界には「情けなくなる人物」が「頂点」にいるような気がします。これもまた、「二一世紀には持ち込まない」決意が必要な課題のようです。

彼岸花と日本の農家のこと

1998.10.8

JRの線路沿いや田畑のあぜ道に、彼岸花が色鮮やかに咲いています。群生する所では、この花で一面が燃えあがる炎のようにさえ映ります。

子どものころは、この花が墓地によく咲いていたことや、「毒花」とか「シビトバナ」と呼ばれていたこともあって、あまり好きな花ではありませんでした。花からすれば、「どうしてそんな名前で呼ばれなければならないの」とでも思っているかもしれません。広辞苑によれば、たしかに有毒植物とあり、名前もよく知られている「マンジュシャゲ」はまだしも、「カミソリバナ」から「捨子花」までありますから、なかなかのものです。

この花には、「突然変異」なのでしょうか、「真っ白」のものがあることはあまり知られていません。最近では品種改良によって「ピンク」もあるとのこと。

この彼岸花に囲まれた田んぼでは、台風七・八号以来ずっと続く長雨によって、稲の刈取りができずに芽が出てしまう被害が続出しており、農家から悲鳴があがっています。

わずかなすき間をつくように、曇天のもとで必死の作業がくり広げられています。台風による被害とともに、この国の政治のもとで、希望のもてない日々が、この秋、県下の農家を厚い雲のように覆っています。

ちなみに「彼岸」とは仏教用語で、河の向こう岸、終局、理想、悟りの世界、涅槃《ねはん》（理想の境地）のことです。

彼岸花に囲まれた農村が「涅槃の里」となるのは、いつの日のことなのでしょうか。

——1998.11.19

朽木村に響く声——「びわこ空港はいらない」

長野に住む友人からリンゴが届きました。箱に詰められた果実から、かの地の水と空気の香りが伝わってくる気がします。こん包に詰められた『信濃毎日新聞』には、北アルプスの冠雪が色鮮やかな写真で飾られていました。

暑い日が続いた今年は秋の紅葉が遅く、ほんとうの紅葉が来ないまま冬になるのではとも言われたこの十一月半ば、滋賀県で唯一の「村」である朽木村へ行きました。それでも、この村を流れる安曇川の清流と川沿いの紅葉は見事なものでした。

この静かな山村にまったく不釣り合いな大型宣伝カーが、「大事なことはみんなで決めよう」「びわこ空港は税金の無駄使いです」「県民一人ひとりの手で、びわこ空港に決着をつけましょう」というスポットを流しながら走り抜けます。

村の人々にとって、最初は「何事が起きたのか」ということだったのでしょうが、なかには新聞やテレビの報道を知っていて、野良仕事をやめて手を振ってくださる方もあり、なかなかの反響です。役場前での昼休みをねらった街頭演説には役場のなかから拍手が送られ、終わって車を動かしたとたんに、「もっと向こうの在所でもやってくれ」とリクエストが飛んできたりして、こちらがびっくりです。

この運動を通じて、人々の関心と期待の大きさを実感し、感動する場面にどれだけ出会ったことか、とも思います。そして、県民の心に響く運動の先頭に、自治体に働く職員でつくる労働組合が存在することが、力強さを与えています。

養護学校で恩師との出会い

——1998.12.8

高校時代の恩師を久しぶりに訪ねました。その先生に担任していただいたのは高校二年生のとき、そして先生自身も大学を出て間もない二〇代後半の頃でした。先生の人間的な魅力もあって多くの教え子たちがそうしているようですが、何年かに一度はお会いする機会を設ける間柄で、三〇年来のお付き合いとなります。

先生は京都の某帝国大学英文科を卒業した教師で、いわゆる「進学校」で永く教鞭を執っておられたのですが、思うところあってなのでしょう、突然、教師生活の後半生を養護学校の「ヒラ」教師としての道を歩みはじめます。多分「校長に」という「栄達」を拒みつづけてのことだったはずです。先生は定年後の今も引き続き養護学校の臨時講師として働いておられます。

学校を訪ねて「先生は」と伺うと、授業中だとか。あきらめて帰りかけたところ、許可が出て教室にはいることができました。

部屋に入って見ると、にこやかに一人の重度障害の生徒を抱いておられ、「この子が、僕の生徒」と紹介をしていただくことになりました。聞けば、四肢のマヒと硬直があるのだそうです。毎日胸部の狭窄《きょうさく》を防ぐためのリハビリから始まり、一日数回の導尿と食事介護が日課とか。まるで、母が子を抱くようなしぐさで、にこやかに語る近況報告がしばし続きます。その子もまた、よく先生になつき信頼していることが伝わってきます。

ああ、この先生は「やっぱりすごい」と、なぜか心洗われる新鮮な感動に身を包まれるひとときとなり、心の琴線にふれるものがありました。

そして、別れ際には「活躍とのこと、君も歳になったのだから身体に気をつけて」との言葉までいただきました。

ありがたいものです。もうしばらく頑張れる力までいただいた気がします。

現代版「楢山節考」と介護保険

1999.4.5

春分の日をはさむ三連休は、霙《みぞれ》が舞う荒天となりました。その前日まで暖かい日が続き、桜の開花も例年より一週間から一〇日ほど早まるという予報があったばかりで、文字どおり「三寒四温」を実感させるものでした。

来年の春からスタートする介護保険を前に、先月末、ある新聞の投書欄に載った「教えて下さい。姥捨山はどこ」を読まれた方もあるでしょう。

岩手県の主婦、六九歳の方のものでした。「母八六歳、私は六九歳、主人との三人暮らし、母が人ごとならぬ介護となりました。近郊の施設を回ったのですが、最低で月一〇万円はかかることを知りました。私どもに月一〇万円の介護費のゆとりはありません。私は自分が動けるうちに姥捨山に身を投じたいと考えています。五十余年前、空襲のない世の中になったと喜んだのに……。また、老人にはつらい世の中になりました。姥捨山をご存じの方、どうぞ教えて下さい」というものでした。

「老・老介護」が現実のものとなって迫っていることが、長く社会に貢献いただいた方をして「楢山節考」を語らせたのでしょう。この社会の現実が、鬼気迫る文章をこの方に書かせています。

この方たちに来春から介護保険料の徴収が始まること、そして、保険料を払ってもサービスの保障がないことや一割の利用料が必要なことなど、誰が説明するのでしょうか。つらい役割が私たち自治体職員にのしかかってきます。

戦争の血で白衣は汚さない——看護師の決意

1999.6.5

あれよ、あれよという間に「まさか、そんなものが」と思っていた「日米防衛協力指針（新ガイドライン）」関連法案「周辺事態法」が、自民・自由・公明の三党によって成立させられてしまいました。ほとんどの国民が「戦争に参加するという話なのだ」（小沢一郎氏）という本質を理解する間もないうちに、です。

この法律が成立した翌日の新聞報道には、「この法律が発動されることなく、眠ったままであることを期待」などの論評が目立ちます。歓迎すべき法律ではないことへの精一杯の表現なのかもしれませんが、ユーゴへの空爆を強行しているアメリカの要求によって生まれた経緯からも、「眠らせない」作用が働く可能性が強いのも現実です。

国会での参考人陳述で「連合」傘下の海員組合代表が、「きたるべき戦争に備えよという前に、なぜ平和憲法の精神を国際社会に広げようとしないのか理解に苦しむ」「後方支援だから、米軍の武力行使とは一体化しないというのは机上の空論」と厳しく批判しました。国民には真実を語らず、ウソとゴマカシに終始する政府答弁とは対照的で、実に明快です。

今後は、自治体病院などに対する協力の名による強制を許さず、法の発動を許さない運動が求められています。すでに、医療関係者からは、「有事の場合、医療行為は兵士の補給を目的としたものとなる。治療も重傷者よりも軽傷者から先が原則となる」「相手国兵士の治療は許されず、一方の側の兵士のみを治療する、ゆがんだ人道主義と博愛精神が強要される」と批判や怒りの声があがっています。

「戦争による血で、再び白衣は汚さない」ことこそ真の人道主義であることが、歴史のなかで培われた医療労働者の気高い決意です。

川田龍平くんと厚生省課長の対決

――1999.7.23――

ＮＨＫが、「薬害エイズ一六年目の真実」と題して川田龍平さんと郡司厚生省元課長との対談を放映しました。

川田さんは、現在エイズの発症を押さえる治療によってその生命を維持しています。この番組での、およそ五〇分にわたる二人のやりとりと元課長の言明は、実に驚くべきものばかりでした。

アメリカのトラベノール社が汚染を知り自主回収に動いていることを知らされていながら、手を打たなかったこと。エイズの危険性への認識があったからこそ研究班を立ち上がらせ、その会議にこのことを報告していながら、「報告していない」との国会証言のウソを指摘されると、「僕は大事なこと以外は忘れる人間だから」と平気でウソを重ねます。

研究班の討議でも、「毒を入れているに等しい」など不安の声が上がり、帝京大の症例が疑わしいとアメリカの専門機関に鑑定を依頼した結果、エイズであると判定されたこと。それにもかかわらず、転勤を理由にその結果に関心すら持たず、「公務員は転勤すると新しい仕事の勉強をしなければならない。忙しいんですよ」と、無責任の見本のような話を平気で語ります。危険な製剤の回収を検討する資料になぜ在庫数量と金額が記されているのかという指摘には、「企業が利益を追求することは悪いことですか」と開き直り、あげくには、安全なクリオに変更してほしかったが素人集団である厚生省の言うことなど医者は聞いてくれなかったと、突然、素人集団で無力なのだと逃げます。ああ言えばこう言う責任逃れに終始する見苦しいものでした。

対する川田さん。時にはあまりのひどさに涙で絶句しつつも、声を荒らげることなく追及を続けます。

その対比が、この国は本当にひどい人間を行政の中枢に「高級」官僚として戴いていると実感させられ、言い知れぬ怒りと後味の悪さが残るものでした。

一九九九年を締めくくる「あかさたなカルタ」

——1999.12.10——

一月七日、県下五〇市町村にびわこ空港の是非を問う県民投票条例を求める一二三、八一四筆の署名が提出されて始まった一九九九年の幕開け。ふり返ってみれば、あっという間の一年でした。

一年間のお付き合いに感謝しつつ、「あかさたな」でこの一年をまとめてみました。

《あ》悪法が、次から次と生まれる自自公連合は「数の暴力」がウリの三兄弟
……ダンゴ三兄弟の方がどれほど良かったかと去年を懐かしむ

《か》かわいい子に「お受験」という悲劇が深刻な惨事を生み
……「気色悪い」といえば息子は「キショ・ワルー」と言う

《さ》サラ金の次は商工ローン「目玉売れ、じん臓売れ」の地獄絵図
……国会で日栄の社長にエールを送った「公明」の裏に何がある

《た》たまらんナーは高島政伸がやった酒のコマーシャル。貯まらんナーはボーナスカットの人勧を見たときの妻の声

《な》浪速の知事は「セクハラ」で江戸の知事は「リストラ」で名を売り、恥を売り

《は》腹の底からわき出る怒り、この国の政治と為政者への怒りは「信を問え」の民の声に

《ま》「まさかの事故」で済ませる原子力への「安全神話」
……神話が科学の目を曇らせ、霞が関に「チェルノブイリ、スリーマイルに次ぐ

事故」との認識なし

《や》「やらせ」であろうとなかろうと「売れればよい」で問われる報道機関の真価

……ミッチー・サッチーと「お遊び」番組に、電波は公共のものとの自覚なし

《ら》乱でも起こしたいくらいと住民不在の政治への怒りが

《わ》輪となって広がった「びわこ空港はいらない」の声

……主権者の声が推進派を大きく追い詰め、今や「風前のともしび」

そんな折、聞こえてきます。

《ん？》は知事の声

変わらぬ警察の体質と労働組合

——2000.3.15

九年余りにもわたって、監禁された女性がようやく救出された新潟の事件は、いろんな意味でショッキングなものでした。人間としてもっとも多くのことを学び経験すべき、かけがえのない時間と空間を奪われた一人の少女の、「たった一回かぎりの人生」を考えると心底からの

怒りを覚えます。ＮＨＫの特別番組でも、この間に何回か救出のチャンスがあったにもかかわらず、放置した警察への厳しい批判で締めくくられていました。

日常生活での経験や感覚からも、警察が市民にとって決して「味方」ではなく「抑圧」的なものであることを感じている人は、少なくないはずです。が、これほど市民生活からかけ離れ、腐敗したものであったのかと思い知らされました。

神奈川県警で明るみに出たリンチ事件も、暴力団顔負けの体質と腐敗が、日本の警察全体のものであるということをはっきりさせました。

また、首相も国務大臣も、この不祥事に対して、これを正すどころか一貫してかばいつづけ、国民の批判が高まるなかでようやく重い腰を上げたということも、記憶にとどめなければなりません。

「オイコラ警察」の体質が変わらず続く土壌には、内部における身分差別と専制支配が表裏一体のものとして存在します。

せめて先進国なみに労働組合の結成の自由を含む職場の民主主義を確立する改革がないかぎり、市民も現場の第一線で働く警察官も救われない気がします。

五〇〇〇万円を超える恐喝事件のこと

2000.4.19

名古屋の中学生による恐喝事件は、それこそ「耳を疑う」ものです。同級生に対するイジメから殴る蹴るの暴行によって、まき上げた金が五〇〇〇万円を超えるというのですから、「そんな大金を、どうやって使ったの」「被害者の母親も、どうやって工面したの」などの疑問が出てきます。そして、なぜもっと早く学校や警察への相談が行われなかったのか……。第三者的に見れば理解に苦しむことも、「恐怖のどん底」に陥れられた人にとっては、「それしか他に方法がなかった」という悲痛な叫びとなって返ってきそうです。

事件が明るみに出た背景に「卒業」があったと伝えられています。学校の卒業式が終わって、「恐怖の人間関係」から解放されたため、被害者の生徒が語りだしたということに見られるように、暴行を受け金銭を要求されても告白すらできない恐怖の渦中に一人身を置かなければならなかったということです。そこに二重の深刻さがあります。

新聞によれば、今年に入っても鼻の骨が折られ、ろっ骨が折られ、たばこ痕が体に数十か所もあったという、暴行の実態が明らかになっています。また、母親も恐怖のもとで「心身喪失状況」にあった、とあります。

大人の社会でも、五〇〇〇万円と言えば、途方もない金額です。この間の経過が解明されるなかで、再び警察にも重大な過ちがあったことが明らかになりつつあります。市民生活を守るべき警察が、「公安」偏重のなかで警察としての機能を喪失してしまっていることは明白です。

「学校が、親が、家庭が」では、もうどうにもならない事態にまで、この社会がゆがんできていることを実感させられます。

「不作為の作為」による犯罪

——2000.7.25

甲西町に住む谷三一さんは、肉牛四〇〇頭を飼育するかなり大きな畜産農家です。妻のたか子さんと二人三脚で三人の娘さんとともに幸せな家庭を築いてきました。

ところが、一九九六年の春から事態が一変します。たか子さんは一九八九年脊髄空洞症で脳外科手術を受けていました。この手術は無事成功したにもかかわらず、七年後、突然に意識や言葉を失い、重度の寝たきり状態に陥ります。谷さんは、最愛の妻の突然の病気に驚くばかりでした。病院で告げられた病名は「クロイツフェルト・ヤコブ病」。今まで聞いたこともない病気。調べてみれば「一〇〇万人に一人出るかどうかの病気で、六〇歳以上の高齢者に発病する」とあり、「なぜ四〇代の妻が」という谷さんの疑問は当然です。

そんなとき、新聞に「汚染されたヒト乾燥硬膜によってヤコブ病に侵される」ことが一〇年も前にアメリカで問題になり、ドイツの製薬会社が作るこの硬膜が全面使用禁止となっているが、日本では「症例がない」ことを理由に禁止されていないという記事が掲載されました。谷さんをして、「これだ」と直感させます。

そして始まった薬害訴訟。その一年後に厚生省は使用禁止措置へと重い腰をあげます。厚生省の国民の生命と安全を軽んじる反国民的とも言える行政で、また多くの人の命が危険におとしめられています。ＨＩＶに続く薬害訴訟は、谷さんに続く全国の被害者とその家族によって、大津地裁と東京地裁の二つの舞台で争われています。「予見できなかった」と逃げる厚生省。「知らなかった」で済ませられない事件です。アメリカの事例をなぜ無視したのかを明らかにしなければなりません。

「不作為の作為」による犯罪である薬害によって、これ以上の被害者を出さないために、です。

潜水艦に閉じこめられた一一八名の命

――2000.8.30――

「SOS、水が……」、「空気がほしい」などのモールス信号を送りつづけたロシア原子力潜水艦の乗組員一一八名の生命は、救助の手を差しのべられもせず断たれました。鋼鉄の潜水艦に閉じ込められ、徐々に浸水が進むなかで「死に直面する恐怖」は想像を絶するものがあります。

事故から半日以上たった一二日の深夜にようやく国防省に報告が入り、一三日の午前四時に沈没地点が発見されたにもかかわらず、救難艦艇が海底に入ったのは午後六時だったとのこと。この間一四日まで艦艇のなかからは信号が送られていたというのですから、二十四時間以上もの間、断末魔の苦しみと恐怖にさらされた一一八名の人々の死は「無惨」、「残酷」そのものです。

この事故を通じて、人命よりも軍事機密を優先し、他国への救助支援が要請されなかったこと、かつて軍が保有していた救助用リフトつき潜水艦救助艇三隻が、資金不足により廃止されていたこと、また、資金の問題から引き上げ計画さえ明らかにされてもいないこと、などが明らかになっています。北極圏・バレンツ海の核汚染の危機も指摘されています。悪魔の兵器である核兵器をめぐる事故の恐怖とともに、核保有国による横暴と「軍」が持つ非人間性を世界の人々に思い知らせることとなった今回の事故でした。

かけがえのない地球と人間の良心とはけっして共存できないもの。それが核兵器であり、「軍」であることを世界の人々に学ばせたことは確かです。

シドニーオリンピックと朝鮮半島の危機

――2000.10.4――

刈り取りが終わった水田の周りには、彼岸花が燃え立つ野火のように色鮮やかに咲いています。愛すべき日本の農村の原風景です。

昨年まで、「体育の日」は一〇月一〇日でしたが、今年からは連休とするために動くことになりました。そもそも、この「体育の日」は東京オリンピックの開会日がその起源です。そのことを知らない人が結構いて、年代の差を感じます。連日、テレビはシドニーオリンピックの熱戦を伝えています。

人間が持つ運動能力を、極限のレベルまで磨き抜いた技《わざ》と技の競い合いは、「芸術品」を感

じさせるものがあります。

このオリンピックも、歴史的には「国威発揚」と、偏狭なナショナリズムを煽る機会として利用される不幸な時期もありましたが、その憲章では、スポーツを通じて「人間の調和のとれた発育に役立てる」ことと「人間の尊厳を保つことに重きを置く平和な社会の確立を奨励する」ことを高らかに宣言しています。

この崇高な精神に導かれ、シドニーから「南北朝鮮の選手団が統一旗のもと入場行進」と伝えられたときの歓声と会場総立ちの拍手は、世界の人々に平和への歩みの尊さと歓びを感じさせ、歴史に残るものとなりました。

あらゆる暴力と戦争のない地球を実現する決意と努力が高まりつつあるとき、一方では「朝鮮半島での共通の敵と戦うために、万全の訓練を」と、この秋二年連続して滋賀県の饗庭野《あいばの》で日米合同演習が行われようとしています。浅井町で、永源寺町で、中止を求める議会決議が採択され、反対する世論が広がっているにもかかわらずです。

「一一・三アイバ野集会」に駆けつけないわけにはいきません。

身近に起こった「おやじ狩り」事件

——2001.12.23——

ＪＲ琵琶湖線の、とある無人駅で会社員がいきなり角材で殴られ、カバンとともに現金を奪われたというニュース。その後、一七歳・一八歳の無職少年と高校生が逮捕され、彼らによる犯行だったことが伝えられています。都会で、「おやじ狩り」と称する事件が広がっていると は聞きましたが、とうとう、わが町でもそんな事件が起きはじめたかという思いです。

この種の事件には、「おやじ」イコール「ある程度、金を持っている」という前提があるようですが、同時に「弱い」「ドジ」な存在という見方とともに「やっつけたい存在」であり、「醜悪な存在」であるという「大人観」があるような気がします。「ウワー、おっさんクサー」、

「そんなん、まるでオバハンやんかー」などなど、街角で当たり前のように交わされる会話のなかに「ゆがんだ大人観」を感じます。「ババ・シャツ」という言葉まであり、一つの「文化」のような感じです。

年齢を重ねるごとに紡ぎ出される人間の美しさなど一顧だにされず、「ゼニを稼げる人間かどうか」に基準をおくかのような価値観が、「老人福祉は、枯れ木に水をやるようなもの」と公言する政治家を生み、それが、「人を殺す経験をしてみたかった。老人なら許されると考えた」という豊橋の事件にもつながっています。

職場における〝弱いものいじめ〟は、子ども社会に負けず劣らずのものがあると指摘されています。そんな流れのなかに、「成績主義は時代の要請」というささやきが広がりはじめています。要注意です。

現代学生「百人一首」がおもしろい

——2001.2.23——

ある大学が毎年実施している、「現代学生百人一首」に寄せられた今年の秀句が発表されています。六万九〇〇〇首余りが寄せられ、その大部分が高校生からのものだったとのことですが、なかなかのものです。

「『すぐ切れる』そんな言葉でくくるなと　サッカーボール　大空に蹴る」、「四年前　自殺するなと新聞は　今の一七歳　凶器扱い」、「選挙権　欲しいと思う一八歳　自分が決めた　日本が見たい」などと「一〇代」をひとからげで扱う現代の世評に抗しつつ、大人社会への批判も詠われています。

「塾帰り　『お一人ですか』と街灯が　『いいえ』と、私と影が歩いてく」、「つかれたな　いつも言うけど　なんなのさ　つかれた事したことあるの」から「『やらなくちゃ』『がんばらなくちゃ』『勝たなくちゃ』いじめてないか？　自分で自分を」と、競争で追いたてられる教育のなかでの「やるせなさ」のようなものが伝わってくるものもあります。

それでも、恋人や家族を詠《うた》ったものには、「無機質な　メールの文字は冷たくて　君のくせ字が　懐かしくなる」といったものや、「仏壇に　氷を入れた水をあげ　今年は暑いと　話す祖母」と、優しさが伝わってきてほのぼのとするものがあります。

大人の部では、恒例の生保会社による「サラリーマン川柳（サラ川）」が、「肩たたき　昔、孝行　今、不幸」などの句を発表していておもしろい。

何と言っても傑作は、「二一世紀に残したい『サラ川』」トップが「プロポーズ　あの日にかえって　ことわりたい」だったそうです。しばし、「絶句」です。

とうとう始まった「ｔｏｔｏ」

2001.4.5

教育関係者や婦人団体など多くの人々から、反対の声が上がっていた「サッカーくじ」が始まりました。名づけて「ｔｏｔｏ」。イタリアのサッカーくじ「トトカルチョ」をもじったものです。これは「くじ」となっていますが、「宝くじ」などと違って試合の勝ち負けにお金を賭けるものですから、賭博《とばく》そのものです。

スポーツ振興のためとか「くじ」だからと導入時に弁明した政府ですが、「賭博」であることは先刻承知だからこそ、「一九歳未満への販売禁止」の措置を採らざるを得ませんでした。

なによりも、日本の場合、サッカーが後発のスポーツだったこともあって、そのファンは圧倒的に若者です。どう考えても「おじさん」には、フェイスペインティングなど似合いません。せいぜい「六甲おろし」にトランペット、紙吹雪に風船くらいが関の山です。だいいち、現在のＪリーグのチーム名など、ほとんど知らないというのが実際です。

ところがというか案の定というか、販売が始まった現場では、「写真つき身分証明書」の提示を求めている売り場は「ゼロ」に近い状況であるとのこと。買い手のほとんどが若者とも言われます。

そもそも、スポーツを賭博の対象にすること自体、スポーツ文化をゆがめるものとの指摘もあります。

そして、第一回目に全試合的中者が出て、「ドーンといきなり一億円」と、新聞などは無批判にこれを「あおり」ます。スポーツ振興のためと称して導入された「くじ」によって、中・高生までに「賭博」が広がったらどうするというのでしょう。

スポーツには、ほとんど金を使わないこの国。その「行く末」とともに、いきなり億の単位の金を手にした若者の人生のその後が心配です。

イチローの「大きさ」「大リーグ感覚」

2001.5.21

イチローがすごい。連日のスポーツニュースも今年に入ってから、すっかり様変わりして、NHKでは大リーグ情報が、まず最初に入ってきます。おかげで大リーグに詳しくなった野球ファンも急増しているようですが、その余波もあって、日本のプロ野球の影が薄くなってきており、野球中継も低視聴率が続いているようです。わずか数年前、野茂投手が大リーグを目指したときの野球界挙げてのバッシングも、「今は昔」の感があります。当時、「日本野球の将来」と「ルール違反」を声高に叫んでいた評論家諸氏も、イチローや野茂の活躍を絶賛してはばかりません。

そんな気楽な評論家もさることながら、報道ぶりを見て気になるのは、野茂投手とイチローの対決も「大リーグ初の日本人対決」といった調子の報道になってしまう視野の狭さです。日本の野球界の将来を声高に叫んだ人々と同じ感覚が、そこにあるような気がします。

国を代表した選手による競い合いを中心とする、オリンピックやワールドカップとは違うのに……と考えるのは私ひとりではないはずです。

大リーグの一流選手たるイチローでなく、「日本人」たるイチローでなければ気がすまない「日本人主義」に対しては、「そんなことが話題とならないようなときが来てほしい」というイチロー選手のコメントがいっそう光ります。国際感覚を身につけたさわやかさを感じます。

そして、デッドボールが当たったときの音やうめき声が聞こえるほどに、一球一球のプレーに、息を詰めて見守る観戦マナーによって、野球の醍醐味を思い出させてくれる大リーグ中継に新鮮さを感じます。

映画『ホタル』のこと

――2001.6.20

高倉健さん主演の映画『ホタル』が好評です。映画館には健さんのメッセージが貼りだされてもいました。「歴史の真実を語り継がなければならないとの思いから、こんな夫婦がいたことを、身体を軋しませながら演じました。この映画を見た若い人が日本に生まれて良かったと感じて頂ければ幸いです」と。

この映画を通じて、終戦間際の特攻隊には、学徒動員による一〇代の若者を中心に、侵略によって、支配されていた朝鮮の人々も編入されていたことをはじめて知りました。

「敵艦」まで飛ぶことすら危ぶまれる程度の飛行機に片道の燃料だけを入れ、体当たりをさせるという「作戦」は、相手国を驚愕させるものでした。その非人道性と、常人では思いつきもしないことが採用される「異常」さについてです。

鹿児島県の知覧を舞台とした、この映画の象徴的なシーンがあります。

特攻隊の彼らを見送った宿のお母さんが老人ホームに入園が決まり、送別会が開かれます。そこで知人の孫娘から花束を受けとった彼女が「みんな、この子くらいだった。死んだんじゃない。殺されたんだよ」と叫ぶ……思わず涙が頬を伝わります。

今、改めて「従軍慰安婦」の問題とともに、朝鮮の若者たちが殺されていった真実を見据えることが必要です。歴史をゆがめる教科書採択の動きが強まり、憲法九条の改悪が公然と叫ばれはじめているときだけに、なおさらです。

軍国主義日本による侵略と支配の歴史をゆがめ、美化することは「朝鮮人民の歴史を陥しめるもの」という怒りの声には、重みがあります。

将来に希望が持てない日本の子どもたち

——2001.8.24——

照りつける太陽のもと、百日紅《さるすべり》の花がひときわ鮮やかです。真夏の青空には、何と言ってもピンクが似合います。

二一世紀最初の国政選挙である参議院選挙も、「小泉旋風」であえなく終わりました。この結果を前に、日本人の「付和雷同」性を嘆き、マスコミの姿勢を批判するあまり、そこに原因のすべてを求める立場に陥ることは危険です。二一世紀を「希望の持てる時代」とする歩みは続きます。

ところで、先日の新聞報道では、日本の中高生の六割を越える人が「二一世紀に希望が持てない」、と考えていることが明らかになったと伝えています。

これは、日本青少年研究所が行った「新千年　生活と意識に関する国際比較調査」の結果です。韓国、アメリカ、フランスとは対照的な結果が出ています。

調査は日本、韓国、米国、フランスの四か国の中・高校二年生の男女一〇〇〇人を対象に実施したものです。「二一世紀が人類にとって、希望に満ちた社会になるか」という問いに、日本の子どもは六二％が「そうは思わない」と答えているのに対し、米国で八六％、韓国で七一％、仏で六四％が「そう思う」と答えています。圧倒的に日本の子どもたちが、将来に希望が持てないでいるということです。そして、人生への目標も「楽しんで生きる」がトップの六二％を占めた日本。同じ回答は、韓国では三五％、仏六％、米四％という結果で、大きな開きがあります。

「将来への希望も大志もなく刹那《せつな》的」、という日本の子ども像が浮かびあがってきます。人としての営みにふさわしい「希望あふれる、慈しみに満ちた社会」を築けているのか、私たち大人が問われています。

「目には目を」を許さず、理性的な対応を

2001.10.3

彼岸の日をはさんだ連休は文字どおりの秋晴れ、ぬけるような青空に秋桜《コスモス》が映えて鮮やかでした。

豊かな自然に囲まれたこの同じ空の下で、最大の暴力であり、最悪の環境破壊である「戦

争」に人類は今、直面しています。テロへの報復という名の「戦争」です。

テロはどんな理由をつけようと、無関係の市民を巻き込み、突然の死に至らしめるという点でも、断じて許されるものではありません。でも、そのテロに対して、規模が空前のものだったからといって、「軍事力をもって報復するのは当然」とはならないはずです。市民生活において、犯罪によって生命が奪われたとしても、私的制裁が禁じられているように、人類は長い歴史のなかで英知を集め、人が人として生きる共存の文化を築き上げてきました。「目には目を」「暴力には暴力を」という方法を許さず、理性的に対応することを……。

ところが、連日の新聞・テレビは、かつての軍国日本の大本営発表はこんなものだったのかもしれない、と思わせるほどに「報復は当然」という立場から「攻撃はいつか」「今日か、明日か」の大合唱です。これでは、「早くやれ」と言わんばかりです。そして、日本は何ができるかと煽ります。日本がアメリカの目下の同盟関係にあることが今回の事件を通じて、改めて明らかになりました。

幸い、新聞の投書欄には「報復では泥沼に」「国連を基本に法による断罪を」という声も出はじめ、青年や婦人の「戦争反対・法に基づく裁きを」求める運動も、たち上がりつつあります。これを本流にすることです。

「ふざけている」か「食べている」だけのテレビ番組

——2001.11.9——

日本シリーズはヤクルトのあっという間の優勝に終わり、イチローもオフとなれば、いよいよテレビを見る楽しみはなくなります。どの局もどの局も、同じタレントの「おふざけ」がなんと多いことか。

「弱いものをたたいて」笑いをとるのは、笑いではありません。権力者を風刺し、笑い飛ばす庶民文化としての笑いには、涙とペーソスがあってロマンがあるもの。だからトラさんも寛美もチャップリンも人々の心を捉え、いつまでも愛されるのです。ダウン・タウンの「芸」を見て、かの横山ヤッサンが「おまえらのは、芸やない、チンピラや」と一喝したという話も懐かしい。

そして、もうひとつ気になるのが、料理番組の多さです。テマもヒマもカネもかかるそんな料理、誰が……というのもありますが、料理講習的なものはまだよしとしましょう。つぎに温泉めぐりから、おいしい料理発見、東京中心のおいしい店の紹介も我慢するとして、料理づくりのゲームから、早食い、大食いの「バトル」まで。はては大食漢のタレントが出てきて、中華料理店の全メニューを食いつくさせる番組などにいたっては、「いい加減にしたら」と思わず言いたくなります。

世界の各地で食糧危機が叫ばれ、アフガンでは六〇〇万人の人々が飢えで苦しみ、毎年三〇万人の子どもたちが死亡し、この冬さらに厳寒と空爆によって一〇万人の子どもたちが死亡すると伝えられているときに……と考えたりするのです。

今、自治労連の単組ではアフガン難民支援のカンパが取り組まれています。「さすが」です。

アフガン支援に自衛隊機という魂胆

――2001.12.7――


好天に恵まれた一一月末の連休、紅葉を楽しんだ人も多いはず。暖かい日が続くと思ったのもつかの間、週明けからは一転して冬型の気圧配置となり伊吹山には初冠雪。県北部は時雨模様の天気となり、人々に本格的な冬の到来を覚悟させる日となりました。

本格的な冬の到来は、アフガンの人々の食料不足をも深刻にしています。この事態に援助の手を差し伸べたいという心ある人々の善意も、空爆により困難を極めているとのことです。

しかも、アメリカなどによる空爆では、非人道的なクラスター爆弾が大量に投下されているともいわれています。

この爆弾は地雷を無数にばらまくにひとしいもので、罪のない女性や子どもも殺りくの対象とされていることは明らかです。長野オリンピックの開会式で、地雷により足を失ったクリス・ムーンさんが風船を持った多くの子どもたちに囲まれて最終ランナーを務め、地雷の禁止を訴えた姿が感動的であっただけに、許せない思いです。

「テロによって、殺された数だけ殺すことは許される。アメリカは正義だ」という横暴が、テロの根絶にも結びつかず、殺りくの繰り返しという悪魔の所業の連鎖に人類を導く愚を犯しています。

そして、アメリカへの追随を使命とするこの国の政治は、民間航空機を使ったほうが安全で人道的と言われる物資の輸送も、あえて自衛隊機でと決定しています。「とにかく、軍隊を外に出したい」との魂胆は見え見えです。

「二一世紀こそ戦争のない時代を」という願いを踏みにじり、共犯者への途を急ぐこの国の政治の質が問われています。

雪印から三菱へと続く企業犯罪

2002.2.15

わら帽子をかぶった寒牡丹が咲いています。週末からの寒波と雪に、その朱色がなお鮮やかです。凛として寒さのなかで開く大輪の花が華やかです。

そんななか、人々が、人として大事な「信頼」や「きずな」を忘れ、越えてはならない法《のり》を越えはじめたのではないかと思える事件が続き、心寒くなります。

雪印の事件は、「人の営み」とは思えない食中毒事件に次ぐ重大な犯罪です。野積みされた返品乳の再利用から検査部門の手抜きなど、これが食品を扱う日本の名だたる大企業の実態かと人々を驚かせた、あの事件の記憶も新しいところです。そこへ今度は、ＢＳＥ問題で苦境にあえぐ業者を救済する措置を悪用して、補助金の不正受給をねらった肉の詰め替え作業をおこなっていたという事件。まったく許しがたい犯罪です。

先には、三菱自動車のリコール隠しもありました。そして、横浜では大型トレーラーから外れたタイヤが、乳児を連れた若いお母さんを直撃して、生命を奪う悲惨な事件もありました。その後、この種の事故やトラブルが多数起こっていたことも明らかになっています。それでも三菱は、ユーザーの「整備不良」によるものだと強弁し、責任逃れに汲々としています。

雪印の犯罪もそうです。「企業利益がすべてに勝る正義」であり、それが「社会正義」に反することであっても「企業利益が優先される」異常さが、この国を包んでいます。「業績を上げないとリストラされる」という恐怖感が、人々を犯罪に駆りたてているとも指摘されています。

寒空に凛として咲く寒牡丹のように、不正には凛として対処する「人の道」を歩みたいと思うのです。

2002.4.1

「ムネオハウス」から「加藤問題」まで

先週から時々、空模様がおかしいなと感じていました。空を暗く覆うものが広がっているけれど雨雲でもなし……と見過ごしていましたが、黄砂だったようです。

広辞苑によれば、黄砂とは「中国大陸北西部で黄色の砂塵が天空を覆い下降する現象。三月から五月に多く、わが国にまで及ぶ」とあります。

二〇日に北京市内を襲った黄砂は、九〇年代以降でもっともひどいもので、視界は一〇〇メートルとなり、車も昼間からライトを点灯しているほどと伝えられました。翌日には、本格的な砂ぼこりが県下にも降りました。中国で舞い上がった砂ぼこりが、洋を越えて日本に届くというところに自然のスケールの大きさを感じます。

黄砂ではありませんが、日本の政界を包む黒い霧もひどいものです。

ムネオハウスですっかり有名になった鈴木問題。外交を舞台にした政官財の癒着と利権あさりの構造に怒りと驚きを感じます。サンフランシスコ条約で、千島を放棄した根本問題にメスを入れないまま叫ばれる領土返還要求にうさん臭いものを感じていましたが、支援の中身もやはりこの程度のものだったか、という感じです。

「口きき」によるピンハネが、「加藤消費税」と言われるまで常態化していたという「加藤問題」もあります。

いずれにしてもこの二人、「党に迷惑をかけた」という話はあっても、国民への謝罪はありません。

さらに、その証人喚問を「見ていなかった」とシャアシャアと語るこの国の総理、いずれも最悪です。

ふえつづける「ホームレス」と失業問題

2002.5.1

ハローワーク前での署名を三月からスタートさせました。働くルールの確立を求める署名です。あらためて、職を求める人の列に驚きます。

署名を呼びかけられた人たちも、はじめは「働くルール?」といぶかしげな顔をされても、「リストラ反対・解雇規制、サービス残業の一掃、パート労働者の賃金底上げ、の三つの要求です」と説明すると、「私もリストラされたのです」と言いながら、快く署名に応じてくださいます。ルールなき資本主義といわれる日本で、この人たちのなかに「ルールを確立しなければ」の世論が盛りあがらないかぎり、前進はありません。

財界が主張するワークシェアリングでは、賃金の切り下げと臨時・パートの増大による不安定雇用が拡大するだけであることが、今年の春闘でもはっきりしました。このデフレ不況のもとで進められるリストラは、働きたくても働く場所がない青年を街にあふれさせ、ハローワークに通う人の背後に「ホームレスの増加」という社会問題が繋がっている気がします。

厚生労働省の昨年度の調査では、ホームレスが二万数千人にのぼり、この三年間で二〇%

増。大阪に四四％、東京に二九％など五大都市に集中しているといいます。しかも最近は、四〇歳未満の若年層で事務職などホワイトカラー出身の人が増えているのが特徴とあります。ホームレスの若齢化です。かつては、ニューヨークなど外国の話だったものが、今や「ジャパニーズ・スキャンダル」とさえ言われる事態です。

せめて、毎月二一日は「働くルール確立」の署名簿をもって、ハローワーク前に立ちつづけたいと思います。リストラに負けてたまるかの心意気です。

夫婦別姓制度——なかなか実現しないのはなぜ？

——2002.6.12

ある人が転勤して間もなく、同じ職場の若い女性の苗字が変わりました。素直に「結婚」と思い「おめでとう」と言ったら、「いいえ、離婚したのです」との答えが返ってきて「二の句が接げなかった」……冗談ではなく、ほんとうにあった話です。

確かに現在の民法では、夫婦はいずれかの姓を名乗らなければなりません。多くは、女性が男性の姓を名乗ることになるのが実状です。姓が変われば、そのわけを説明しなければならないのが普通です。プライバシーの問題を知られたくないのに、「あの人バツイチ」などと口さがない人の格好の餌食にされることにもなる、やっかいな制度です。多くの場合、女性がその犠牲となります。

国際的には、スウェーデンなど同姓・別姓を自由に選べる国も多く、夫婦同姓を強制している国は、少数派であるということも知られるようになりました。

日本でも、自立した女性のなかから、結婚したら自分が長く慣れ親しんできた姓を、強制的に変えさせられる制度への疑問の声が上がり、「選択的夫婦別姓」へと民法改正が動きはじめて、すでに六年が経過します。

この間、別姓を支持する意見が多数派になるという世論の変化が生まれているにもかかわらず、自民党議員の根強い反対にあって実現しません。いわく、夫婦の一体感が壊れる、との理由からです。夫婦の一体感って、そんなことによって生まれたり、壊れたりする問題ではないはずです。

古い家族制度を残したい人々が新しい家族制度を壊しているとの批判のなか、とうとう古い政治家のなかからきわめつきの発言が飛び出しました。「ただ酒とただの女には気をつけろ」(大津市長)と。この女性観と民法改正に反対する家族観は同じ根っ子のものです。

勤務評定の中身は、やはり「人物評価」

——2002.7.23

県内のある町で、職員の勤務評定が実施されることになりました。その要綱によれば、評定は毎年二回、三月と一〇月に全職員を対象に課長が行うとされています。そして、この評定は五段階評価で、「きわめて優れている」から「劣る」まで評価点がつけられ、この結果は昇給、勤勉手当などに反映させられます。

問題は、その評価要素です。仕事の成果は二項目で、あとは、企画力、判断力、調整力、積極性、協調性、責任感、勤勉性、勤務態度、規律性など、ズラッと人物評価が続きます。日本の成果主義が決して客観的な業績・実績評価でなく、成果を上げる要素・能力を計ることに主眼がおかれるため、かぎりなく人物評価になる危険性があると指摘されていますが、その見本のようなものになっています。こんなことに陥るからこそ、公正で客観的な評価は難しいと、法制定以来今日まで実施されてこなかったのです。

先日、『週刊朝日』の「成果主義賃金は絶対におかしい」という吊り広告が目にとまり、購入しました。「業績に関する部分が三割、自己啓発ができたかなどの成果行動が七割。要するに上司のウケ次第」「成果主義は、裏返せば将来の保障がないことに」「そもそもバブルの時代の制度。不況の時代には大部分の職員の賃金切り下げの装置」「仕事とは皆で協力しあってできるもの、という心が失われただけ」と痛烈です。

民間で「問題が多い」と見直されはじめた偽りの「成果主義賃金」。これを公務職場に持ちこむという公務員制度改革には、それこそ「レッドカード」です。

百日紅と広島からの呼びかけ

――2002.8.26――

「うだるような暑さ」を実感する日が続きましたが、盆明けとともに一転してこの二、三日はすごしやすい日となっています。

真夏日の太陽が照りつけるなか、街角に咲く「さるすべり」の花があでやかです。白い花もありますが、なんといっても濃いピンクの花が私は好きです。花が少ないこの季節、長く咲く花だけに、その名も「百日紅」と書くのだそうです。

この暑い夏は、ヒロシマ・ナガサキから核廃絶と平和への願いを世界に呼びかけ、唯一の被爆国としての日本が、国際的にも積極的な役割を果たす季節でもあります。
今年の原水爆禁止世界大会は、核兵器による先制攻撃さえ公言するブッシュ政権とこれに追随する小泉政権を、厳しく糾弾する「広島からのよびかけ」を発して、引きつづき積極的な役割を果たしています。
同じ日、広島市長が世界に呼びかけた平和宣言も、格調高く心に響くものでした。
——和解の心は過去を裁くことにはありません。人類の過ちを素直に受けとめ、その過ちをくり返さずに、未来を創ることにあります
——アメリカ政府は、世界の運命を決定する権利を与えられているわけではありません。人類を絶滅させる権限をあなたに与えてはいないと主張する権利を、世界の市民が持っています
——ブッシュ大統領に広島・長崎を訪れ、核兵器が人類に何をもたらすのかを確認することを求めます
「百日紅」ほどに華があり、人々の心に「励まし」を与えます。

中学生のときに出会った「朝鮮の子」のこと

2002.10.4

中学時代、「朝鮮の子」がクラスに何人かいました。戦前の日本による朝鮮支配の遺産だとは当時知る由もなく、日本が侵略戦争で、アジアの人々に与えた辛酸について詳しく教えない教育によって、その理由を深く考えることもなく過ごしたことは不覚でした。

町の中学校に入って初めて出会う「朝鮮の子」の暮らしは、文字どおり「極貧」そのものでした。そのころは、中学校の学校給食が行われていませんでした。ある日彼が持参する弁当のおかずがトマトひと切れだったことがあります。見てはならないものを見てしまった、との思いとともに「あわれ」を感じたことを記憶しています。昭和三〇年代のことです。

当時、彼らが「チョウセン、チョウセン」と差別され、侮蔑されていたことを目のあたりにもしてきました。

日本による朝鮮への侵略と植民地支配、そして、強制連行された十代の少女たちが「従軍慰安婦」にされていたこと、さらに、この国はこの犯罪について、いまだに真相究明も謝罪も償いもしていないことを忘れてはなりません。

北朝鮮による拉致事件に対して、その犯罪を厳しく断罪するとともに、日本の国が犯してきた罪についても冷厳に見つめることが求められています。

マスコミが煽る北朝鮮への罵倒や、「国交回復反対」などの議論に付和雷同してはならないと思います。そこには、形を変えた朝鮮の人たちへの民族差別が横たわっていることを、感じるからです。北朝鮮もひどい国ですが、私たちの国も「ちっとも進歩していない」と思うのです。

――2002.12.6

現代版「隔離政策」?

十二月から、JR京都線でも女性専用車両が設けられました。県内では、草津駅と堅田駅から南がその範囲となっています。この女性専用車両は超過密の都会で好評とか。びわこ線の場合、平日の始発から九時までと夕方五時から九時までの各駅停車のみ(?)ということです。

もともとは痴漢対策が発端ですから、こんな措置をとらなければならない世相を嘆かざるを得ません。まるで隔離政策のようで、スッキリしないものもあります。超過密と言われる混雑を解消することが本筋であるように思うのです。

また、特別扱いされる女性の側も大変です。すべての女性が乗れるわけではありませんから、その車両を選べば選んだで「エッ、あなたも」などと思われはしないかなどと、よけいな気苦労が生まれます。

同時に、最近痴漢えん罪事件が増えていることに注目しなければなりません。先日、大阪高裁では「電車での露出は見間違い。元会社員逆転無罪の判決」があったばかり。結局、この人は事件で会社を退職せざるを得なくなったというのですから深刻です。今や、痴漢えん罪被害者のネットワークが結成されているほどです。

さて、この措置に男性車両からは「これで、あの騒々しいお喋りにつき合わなくてもいい」「車内で化粧をするあの情けない姿を見なくてもいいと思うとスッキリする」と歓迎する声もあがっています。ささやかな反撃です。

改革派市長をむかえたシンポジウム

――2003.3.25――

今年も、わが家の庭先にウグイスがやってきました。毎年、春先に一度だけやってきて、ほんのつかの間ですが、そのさえずりを楽しませてくれます。そして、その日の夕食にはフキノトウの天ぷらを味わうこともでき、春を実感する至福の休日となりました。

春の訪れは、人々の心を浮き立たせるものですが、それぞれの職場では、年度がわりと人事異動の季節を迎え、長年の経験から「一番うっとうしい時期」と感じる人も少なくないでしょう。人事異動が昇任昇格を伴うだけに、自分の頑張りが正当に評価されていないと感じている人にとっては、なおさらです。

同時に、そんな「職場の窓」からだけ人生や社会を眺めていると、新しい社会の流れや変化からかけ離れた生き方となる危険性があります。社会の変化に疎い人が公務職場に多い、などと言われないためにも自戒が求められています。

三月一日、尼崎市の白井市長をむかえて開催された「自治を考えるシンポ」は、住民のなかに起きている改革を求める変化をまざまざと感じさせるものでした。市長を囲んでのトーク集会では、市民同士の討論へと発展する生き生きした姿が紹介されました。

情報の共有が大事と語る白井市長から、現在の市の広報は「私が見てもわからへん」という厳しい指摘。市民の目線で改革を進める市長のさわやかさが、ブルーのスカーフとともに参加者に強い印象と共感を広げました。

長野県も尼崎市も、改革派首長に共通するのが、市民の目線に立っていること。今度は私たちが変わる番です。

イラクでの最大の被害者は子どもたち

――2003.4.21――

両手を失った少年の瞳が悲しい写真が紙面を圧します。もし、これがわが子であったり、弟や妹であったらと考えると胸が痛みます。この子を処置するために医師がシャツを脱がせたら、彼は激痛で泣き叫び気絶したともあります。

イラク戦争の悲劇は、人口の半数を一八歳未満が占める国だけに、たくさんの子どもたちが犠牲になっていることにあります。そして、今なお子どもたちに死傷者が相次いでいます。

米軍は白血病やガンを多発させる劣化ウラン弾や、内蔵した子爆弾をばらまくクラスター爆弾を「在庫一掃」とばかりに大量に投下してきました。このクラスター爆弾は、およそ二〇〇個の子爆弾をまき散らすもので、広範囲を爆撃するだけでなく、不発弾が対人地雷化して非戦闘要員を殺傷する非人道的なものです。

アラブ首長国連邦の新聞は、一四日の朝、バクダッドの市街地の自宅近くで遊んでいた四歳の子が、小さな円筒状のものを拾いあげたとたんに爆発し顔面に大ケガをしたと伝えました。「病院で血まみれになった小さな子は泣き叫び、医師は顔面を覆うガーゼがはずれないよう必死で押さえているが、すでにその少年は失明していた」と、ブッシュによる戦争犯罪を告発します。

「地球はわれわれが、ほしいままに支配する星」とばかりに、アメリカの利益に合致しないと判断すれば一方的に他国を爆撃し、その国と政権を転覆させるというブッシュ・ドクトリンの野望と実践が、子どもたちの未来と夢を今も踏みにじりつづけています。

この戦争がどんな終わりかたをしようとも、この犯罪は断じて許してはなりません。そして、この戦争に手を貸した自民・公明政権の犯罪も許されないものです。

鳥たちも迷惑な「鵜のみ」「オウム返し」

――2003.6.19――

イラクへのアメリカなどによる一方的な武力攻撃の最大の根拠とされたのが、大量破壊兵器の「存在」でした。

ところが、この大量破壊兵器、戦争が終わっても発見されないままです。「なかった」ということです。これにより、この戦争は大義も「なかった」ということです。

この戦争に「いの一番」に賛成した小泉首相、大量破壊兵器があると断定した根拠を党首討論で共産党の志位委員長に問われて、答弁不能に陥りました。あげくには「フセインが見つからないといって彼が存在しなかったとは言えない」という珍答弁に、「フセインは多くの人が見ているが、大量破壊兵器は誰も目撃していない」と反論され、マスコミからも「子どもじみた答弁」と批判されました。

要するにアメリカの言い分の「鵜のみ」です。くだんの珍答弁も、ラムズフェルド米長官の物まね――「オウム返し」だったことも明らかになり、語るに落ちることになりました。

そこで気づいたのは、鳥をたとえに人の「ありよう」をあらわす言葉の多さです。「鵜の目、鷹の目」、「立つ鳥跡を濁さず」、「トンビに油揚げをさらわれる」、「トビがタカを産む」、「メジロ押し」、「歌を忘れたカナリア」、「おしどり夫婦」などなど。ゴルフでは「バーディ」、「イーグル」などもあります。今やすっかり嫌われ者となったカラスも、かつては「からすなぜ鳴くの、からすは山にかわいい七つの子があるからよ」と、あったか家族を代表する歌として謳われたもの。「今は昔」と、カラスの嘆きが聞こえてきそうです。古くから人は鳥にあこがれ、鳥に習えとしたものでした。が、小泉さんの「鵜のみ」や「オウム返し」はいただけません。

子どもたちに広がる凶悪性犯罪

――2003.7.25――

すさまじい、としか言いようのない事件が続きます。長崎の事件は中学生による犯罪だったことで、社会に大きな衝撃を与えました。しかも、小学生の男児を対象にした性犯罪だったとも報じられました。また、その後起こった、この事件に関連する事象もこの社会の深刻さを示しています。

さっそく、少年法の「改正」により厳罰主義でのぞめ、と唱える声が出たのはいつものこととして、この感情論と同じ根っ子から出ている現象のいくつかには、危機感さえ覚えます。事件の後、この中学校に抗議や嫌がらせのメール・電話などが殺到したということ、そして、その学校に通う子どもたちに対する嫌がらせなどが街中で起きていることです。

厳罰主義も嫌がらせも、いずれも「徹底して懲らしめればいい」という論理です。さらにこれが高じて、「そんな子を育てた親が悪い、打ち首にしろ」などというのは、あまりにも浅はかで、情けないと言わなければなりません。ましてや、忘れ物をした子どもを諭すのにこと欠いて、「そんなことをしていたら、裸にして突き落とすよ」と学校の教師が言ったというのにはあ然とします。

渋谷の事件も、背景に少女の売・買春の犯罪をうかがわせるものがあるだけに深刻です。ブランドものに身を固めた少女から、そのための金欲しさにさまよう少女たちを「いけにえ」にする大人の存在に社会の退廃を感じます。

さらには、集団レイプ事件を「まだ元気があるだけマシ」と平気で発言し、「その首」も飛ばない日本の政治家の下劣さもひどいものです。

すさまじい一連の事件・事象を通じて、この国の大人社会に広がる病理現象が見えてきます。感情論からは明日への希望が見えてきません。

自動販売機がない国——フランス

2003.8.22

フランスに旅をしたという友人から、暑中見舞いが届きました。そこに、「パリには自動販売機がなかった。みんな瓶や水筒をもって買いにいく」ことに驚いたとあり、さらに感動したのは「子どもの教科書は必ず兄弟のものを使う、親は表紙カバーを新しくすることが義務づけられている」という話。それを聞いて、思わず「賢い国民」と感じたとのことです。

ひるがえってこの国では、自動販売機がおよそ五五〇万台設置されているとか。自販機は周知のように、誰が買いにくるのか当てもないのに、深夜にも煌々と電気をつけっ放しにして、商品を冷やしつづけ、あるいは温めつづけています。その結果、自販機が消費する電力は、年間で原子力発電所一基分に相当するという膨大なものです。

さらに、自販機から生まれる空き缶、ペットボトルなどの散在性ゴミ対策も大きな問題です。空き缶にしてもペットボトルにしても、再生利用には、さらに大きな電力を消費します。とくに、最近はペットボトルのゴミが急増しているとか。

ゴミ問題は、膨大な電力消費をはじめ、地球環境に深刻な問題を投げかけています。まして、日本のゴミ焼却量がアメリカの二倍という現状が、大規模処理施設の建設による焼却主義の転換を求めています。志賀町におけるたたかいの争点と攻防も、ここにあります。

さらに、空き缶などの、いわゆる「散在性ゴミ」についても、國松知事好みの「ゴミ拾い」やエコ・フォスターなどの「美化運動」では、問題の解決にならないことは明らかです。自販機の規制など、先進国フランスに学ぶべきです。

「マック・ジョブ」という新語のこと

――2003.12.1

もちろん私自身は持ち合わせていませんが、米国の辞書出版社メリアム・ウェブスターが発行した「カリジエート辞書」の新刊に、「マック・ジョブ」なる新語が登場して、物議をかもしています。

『シカゴ時事』が伝えるところによれば、その語意は「低賃金で将来性のない仕事」とされており、これを知った「マクドナルド」社の会長が同出版社に対して、「正確性に欠けるだけでなく、従業員に対する侮蔑だ」と抗議し削除を要求しましたが、ウェブスター社は「削除するつもりはない」と応じているとのことです。

たしかに「マクド」が、世界各地でその国の食文化を大きく変えるほどの影響を与えてきたことも確かです。私自身は何回か食してみたものの、食後に「むかつき」がきてどうしてもなじめないため、「古い人間」であるかのように言われたりします。

また、あの「マニュアル語」に違和感があってなじめず、カウンターに立てないという人もいます。「お持ち帰りですか」「サイズは?」など、予期しない質問がポンポン飛んでくるのが「いや」と言う人もいます。

同時に、「マクド」が人々の働き方を、大きく変えてしまったのも事実です。雇用形態はアルバイトが当たり前で、「低賃金で重労働のうえにノルマ主義」など、「フリーター」なる働き方の先鞭をつけたのも確かです。

今や、「マック・ジョブ」が、若者の働き方の「支配的な形」となったことは事実であり、そこに深刻さがあります。「マクド」がその代名詞となっただけですが、さすがに「名誉」とまでは割り切れなかったようです。

「いまどきの子」の川柳に泣いたり笑ったり

2004.2.20

毎年、東洋大学が行っている「現代学生百人一首」が発表され、新聞でも紹介されています。なかなかの秀作・名作ぞろいで、「いまどきの子」もなかなかのもの、とあらためて見直します。

平和の問題では、「今もなお　受け継がれている　哀しみを　じっと見てきた　さとうきび畑」（高二・女）「海外に　年下の兵が　いることを　知ってわかった　自分の幸福」（高三・男）「原爆碑　一人の少女が　泣いている　アフガンの秋　イラクの春」（中一・女）などは、思わずうならせる名作です。

さらに、暮らしの問題では、「みそ汁の　作り方さえ　知らぬまま　飛び立つ父の　単身赴任」（高三・女）「前までは　とても易しい　ことだった　家族そろって　食べることくらい」（中三・女）と続き、「マジですか？　その話　うちの父さん　リストラなんて」（高三・男）となると大人社会の深刻さが、子どもたちに影を落とします。また、「最近の　日本の犯罪ひどすぎて　電話で『オレ』と　言えなくなった」と世相もしっかり詠われます。

続いて家族への想いや家庭の温かさも詠まれます。「祖父からの　宅急便を　開けてみるピンとしまった　サンマが光る」（中三・女）、「祖母と乗る　リフトの速度　ゆったりと　景色楽しむ　夏の一日」、『はいはい』と　言っているわりに　オカアサン　すべてあなたの思いどおりに」（高三・男）とも。

おもしろいのでは「眠い時　耳を引っぱれ　頰たたけ　授業中には　高見盛」（高二・男）、傑作です。

こんな「いまどきの子」に希望を与える社会へ、大人のがんばりどきです。二〇〇四年春闘が、「若者の五人に一人が無職」という時代に終止符を打つものとなるように。

最後に、「じーちゃん　目ばはよあけない　たのむけん　チューブにまかれて　かってにしぬな」は泣かせます。

——2004.4.26——

オレオレ詐欺から架空請求まで

突然、身に覚えのない請求書が送りつけられてきたらどうしますか。「もしかして、ひょっとして、まさか」と、家族の誰かから思わぬ疑いがかけられたりするような、「ひと騒動」が起きても不思議ではありません。つい、先日、わが家に送られてきた「督促状」です。

文面には、「裁判所での法的手続きを進め、裁判発展ということも考えております」などの文言もあります。「このたび通知しましたのは、貴方さまの利用なされた有料番組の未納金について、運営業者様から当社が債権譲渡を承りました。よって、当社が設定した最終期限までに連絡いただけない場合、お支払いの意志がないものと見なして、誠に遺憾ですが……」とあって、さきの裁判云々へと続きます。また、「請求金額、お支払い方法等は、当社が債権譲渡を承ったことにより当初の設定と違いがありますから大至急、当社まで連絡ください」とも。要するに請求金額も、何の料金が未納なのかもまったく示さない「督促状」なのです。そして、連絡先には携帯電話の番号が五本記されています。

さっそく消費生活相談員さんに相談すると、「絶対、その携帯に連絡を入れたらダメ。放っておいてください」とのこと。「今、この種の相談が激増していて大変」なのだそうです。

身に覚えのない請求であり、「脅し・恐喝」「詐欺」のたぐいで「オレオレ詐欺」と同様のものです。もともと「脅し・恐喝」や「詐欺」などの犯罪は、「個別・特定の人を相手に、内密に」行われるという常識を覆すものです。それが狙いかもしれませんが、人の善意につけ込むものだけに許せません。ホント、不愉快なハガキです。

「腹出し」から「半ケツ」まで――これもファッション？

――2004.5.24――

電車のなかや街角で見かけるファッションで気になるもの。どう見ても肥満傾向でプックリ膨らんだお腹を出した「へそ出しルック」ならぬ「腹だしルック」。おしりが半分はみ出した「半ケツ・ジーパン」。しゃがみこんだときには、おしりから下着までが、人目にさらされることになります。

いずれも、いわば「シークレットゾーン」にあたる部分を露出するもので、「きわどさ・過激さ」が売りです。高校生の超ミニスカートともなれば、手でお尻を隠さなければ階段が昇れないのが主流です。身体を覆い隠すのが使命のはずのスカートが、その役割を果たせないほどに短くなってしまったということでしょう。もう二〜三センチ長ければ問題ないのに、とは勝手な考察なのでしょうか。

今度は「汚らしい」と感じるもの。筆頭は、なんと言っても腰ズボン。後ろから踏んづけたら「脱げそう」と人をハラハラさせるものから、裾が踏みつけられ、引きづられ、ほつれて「糸くず」状態となったもの。「あれでトイレに入って、家に帰れば、そのまま上るのか?」と心配になりますが、そんなことは、お構いなし。どこにでも座りこみます。

さらに、高校生ではミニスカートの下から「半ズボンのジャージ」が覗きます。あれが出現したときの驚き。後で、あれが「埴輪スタイル」と聞いて二度びっくり。なんと弥生時代のスタイルの復活なのか……と。

けっして、「清潔、さわやかさ」は感じません。「みんなが、みんな同じスタイル」というのも気になります。特異・奇異ですが「個性」はありません。

小・中・高と続く「制服」による画一主義への反発が、奇異で画一的な服飾文化を生み出しているのかもしれない、と考えるのですが……。

壊された県労連の看板と置き手紙

——2004.6.23

自治労連などで構成する滋賀県労連の事務所には、「県労連」と大書した看板がとり付けられています。この看板は、中に蛍光灯があり、縦一メートル横幅四〇センチくらいの箱形のものです。この看板が先日、誰かに壊されていました。

どうみても車か何かで引っかけて落としてしまったという感じでしたが、落ちた看板と割れたガラスなどは、きれいに片づけてありました。朝、事務所に出勤した人が気づいたものの、誰もいない夜間に起きたこと、仕方ないと諦めることになりました。

ところが、ふと見ると、事務所の片隅に小さな封筒が放りこまれています。開けてみると、「社用車にて看板に当たってしまい、割ってしまいました。やっと就職したばかりで会社にバレたらクビになります。どうかお許しください」という文面とともに、五万円が添えられています。

これを手にしたスタッフ一同、びっくり仰天。「この時代に正直な人がいるもんだ」「たぶん就職したばかりというからには若い人だろう」「この文字からすれば女性かも。五万円は大金で痛かっただろうに」などと、今度は同情論が主流になってしまいました。

なによりも「就職したばかり、バレたらクビになります」の一節にやりきれないものを感じます。「クビ」の恐怖に、会社では何も言えない事態が広がっていることを垣間見せられた思いです。サービス残業も当たり前、申請すれば「手が遅いくせに」などの怒声が飛ぶという話が真実味を増します。

雇用不安が、人々に会社への奴隷的従属を押しつけています。「匿名さん。何かあったら、いつでも相談に来なさいヨ」と思わずにはおられません。

「分をわきまえろ！」とは許せぬ時代錯誤

2004.7.26

合併問題を争点とした日野町長選挙で、新人の藤澤直広さんが現職に大差をつけて当選しました。当選を決めた藤澤さんは初登庁をすませた後、その足で蒲生町役場を訪ね「合併問題を白紙に戻す」ことを申し入れ、さっそく公約を実現しました。

藤澤さんは、もともと陸上選手。足が速いのは知られたことですが、こういうときに口にする得意の台詞があるのをご存じでしょうか。組合交渉が始まるときなどに、気合いを入れるためにかける一声、それが「出陣じゃ、馬引けー」です。「大河ドラマ」の伊達政宗の台詞とか。

合併問題でいえば、プロ野球でもパ・リーグ近鉄・オリックスの合併から、もう一組の合併が検討されていることも明らかにされ、一気に二リーグ制の廃止まで浮上してきて多くのファンを驚かせています。近鉄・オリックスの合併では、選手の二八人先取りは認めるとか。要するに二八人は残すが後は自分でどこかを探すか、ほしいチームが好きにすればいいという投げ売りに等しいものです。

「合併」によるリストラ宣言には、現にリストラで苦しむサラリーマンから「夢を売るプロ野球まで同じことをするのか」と怒りの声が上がっています。とうとう近鉄の選手が合併反対の署名運動にも立ち上がりました。労働組合である「選手会」もオーナーなどとの話し合いを求め、ストライキについても検討するとの報道です。

が、これを聞いた巨人の渡辺氏が「選手会がオーナーと話し合い？　分をわきまえぬ無礼もの！」と言ったとか。

同じ武者気取りでも時代錯誤の殿様気取り。こんな台詞は断じて許せません。

「たかが……」などと言う前にご自身が勉強したら？

——2004.9.13

プロ野球選手会がスト権を確立し、運営委員会でストライキ権を行使することを決定しました。近鉄とオリックスの合併については、一年間凍結すること。その間、合併の是非、労働条件および球団経営への参入要件の緩和などが受け入れられない場合、一一日の試合から毎週・土日の公式戦でストを決行するというものです。

古田敦也選手会長は、「将来の球界に対して発言し、行動を起こさないといけない。球団が消滅するという方向性に、選手も多くのファンも納得していない」と決意を語ります。

そもそも、今回の合併問題は、選手やファンは置き去りにされたまま進められてきました。選手がいてファンがいてのプロ野球なのに話し合いを求める選手会に対して、あの「ナベツネ」が「たかが選手」と悪罵を投げかけて人々の怒りを買いました。リストラの名による首切り・雇用不安にさらされる人々にとっては、わが身の問題であり、身につまされるものがあるからです。

このストライキ決定に対して、経営者側はその同じ日に合併を決定し、損害賠償の請求も含めて検討すると、あくまで挑戦的です。

選手会が労組法の適用を受ける労働組合であることは、国会での審議を通じて決着済みの問題です。そして、労組法第八条が「使用者は正当な争議行為によって損害を受けても労働組合に賠償を請求することはできない」としているのをご存じないのでしょうか。「たかが……」などと言う前に「近代社会のルール」について勉強してほしいものです。

選手会のたたかいは、労働組合の「本家」を自認する人たちへの叱咤激励でもあります。

異常気象と京都議定書のこと

——2004.10.27

そこだけが、まるで染料をこぼしたように橙色に地面を染めています。しばし、街角に心地よい香りを漂わせていた金木犀の花びらが、台風による風雨によって散った後です。

この夏から、秋にかけて日本列島を縦断した台風は一〇個を数えます。間違いなく異常です。海水温の上昇による異常発生に加えて、高い水温がエネルギーを補給しつづけるために勢力が衰えないまま上陸し、各地に深刻な被害をもたらしています。

近畿を直撃しながらも、幸いこの滋賀県では福井や三重などとくらべ被害は少なく「ありがたい」のですが、他人の不幸を横目に、喜んでもおれず複雑です。そんななか、組合などが呼びかけた救援ボランティアには、多くの若い人が「他人ごとではない」と駆けつけてくれるのはさすがです。

台風上陸の異常さと合わせ、クマの出没も異常気象を象徴するものです。芦生原生林のミズナラの巨木が枯死したという知らせや、ドングリ・ブナの実が不足していると、自然界の異変が伝えられます。食糧不足から、やむにやまれず里に降りたら射殺されるというのもクマにとって気の毒な話です。

「暑い夏」から続く異常気象に、温暖化による地球の危機をひしひしと感じます。

ようやく、地球温暖化防止へ二酸化炭素排出規制を定めた「京都議定書」が、ロシアの調印により発効することになりました。

米ブッシュ大統領の抵抗により死文化しかけた「議定書」を前に、議長国日本がその役割を果たすどころか、この点でも「アメリカべったり」だったことは歴史の汚点として残ります。

異常な事件は、この国の「異常さ」の反映か

―2004.12.7

「なぜこんな事件が起こるのか」と考えれば考えるほど、この国がいやになったり、絶望感を感じたりします。

奈良で小学校一年生の女の子が殺害された事件では、携帯のメールで遺体となった楓ちゃん

の写真が送りつけられ、「娘はもらった」としながら身代金を要求することもなく、殺害されていたということです。はじめから、殺害することが目的だったようで、遺体は傷つけられ歯も抜かれていたというから異常です。

この事件を、インターネット時代の新しい犯行と指摘する識者もいます。非力で無抵抗な幼い女児の命を奪い、遺体を傷つけることを戯画化し、ゲーム感覚でインターネット上の掲示板に書き込むことが広がっているというのです。日常生活では、口に出せない言葉で犯罪の手口が語られ、広範に飛び交う世界が存在するというのです。

アニメの主人公の女児に虐待を加える手口を書き込み、相互に楽しみ合うという掲示板には、「歯をペンチで引っこ抜き、折ったりしたい」「水がだんだん満たされ絶命の恐怖におののく姿が見もの」という書き込みもあるとか。また、性的暴行で子どもの人権を平気で踏みにじる風潮もインターネット上に蔓延しているともいわれています。

大人によって守られ、愛される権利を有する子どもたちに、「見知らぬ人から声をかけられてもついていったらダメですよ」「一人で街に出かけないように」などと、大人と社会を信頼しないようにと教えこまなければならない社会の「未来」はどんなものになるのでしょう。異常な事件は「この国」の異常さへの警鐘です。

「全県一区」で、どうなる子どもたち

――2005.2.28――

県内普通科高校の「全県一区問題」で、県が主催する説明会が各地で開かれています。参加者は予想を超える数となり、急遽、会場を変更したりして対応しているようですが、すでに四五〇〇人を超えたといいます。疑問や不安など関心が高いことが伺われます。

全国的にも数県しか実施していない制度で、先行して実施した県からも、問題が噴出していることが明らかになっています。

県が設置した審議会でも、実施時期については明記せず「慎重に」とされたにもかかわらず、突然一八年度実施の方向が打ち出されたのですから驚きです。

「慎重」路線が突如変更されることになったのは、県議会での教育長答弁が発端でした。自民党議員の質問を受け、「待ってました」とばかりに、一八年度導入を示唆した教育長の答弁は明らかに「答申」をはみ出すものでした。

これが導入されれば、全県から膳所《ぜぜ》高校をめざす人の流れが生まれ、湖北地方では彦根東高校へ向かう流れが生まれることは、想像に難くありません。

その結果、どうなるか。大津の子どもが大津の高校からしめ出されて京都の私学へ、県下でいくつかの高校がつぶれ遠距離通学が増え、高校別の入試制度が導入され、中学校の先生は進路指導ができなくなり「塾だより」となることが目に見えています。

多感な高校生をいま以上に過酷な競争に巻き込んで何が生まれるのか。どの学校も生徒も「地域との結びつきがない」ものとなって「地域の力」に支えられなくなったとき、子どもたちがどうなるのか心配の種は尽きません。伊香高校で、大阪・寝屋川で深刻な事件が起きたばかりです。私たち大人が何か間違いを犯してはいないかと自問の日々です。

ヘンな日本語について

――2005.4.7

「問題な日本語」(大修館書店)が七〇万部をこえるベストセラーとなっています。「ありえない日本語」という本も最近刊行されています。たしかに、最近、気になる言葉があります。

主にコンビニやファミリーレストランなどで使われているマニュアル語です。コーヒーしか頼んでないのに「コーヒーのほうをお持ちしました」といわれ「?」となり、支払いのときに「おつりのほうは〇〇円になります」と、やたら「ほう」がつきます。コーヒーつきのランチを注文したとき「コーヒーのほうは後でよろしいでしょうか」というのであればわかるのですが、比較の対象がないのに、ぼかしたり遠まわしに言うことでていねいに聞こえると思ってか、「ほう」が氾濫しているように思います。あげくには、一品しか注文していないのに復唱されたり、「注文のほうは以上でよろしかったでしょうか」などと過去形で聞かれれば「カン狂い」ます。まったく心が通い合わない言葉です。

また、「わたし的には」という言葉も耳障りです。普通、「私としては」と言うところを「的」をつけることにより、「ぼかし・逃げ」の効果を狙っているように感じます。「そのものズバリではないが、それに似ている」ときに使う「的」の用法が、「そのものズバリを言うのではない」「遠まわし」効果を計算して使われています。

「っていうか」の乱用も、人と人とがストレートに交わることを避け「傷つき（け）たくない……」世相が言葉の変化となって現れているのでしょう。

この手の本がベストセラーとなることで、違和感を感じているのは私ひとりではなかったと安心させられます。明快な解説が続く本書は、お勧めです。

元気な韓国労働運動に学ぶ

2005.5.30

韓国の労働運動が今、元気です。五月、韓国のN・C民主労働総同盟（約六五万人）と、非合法時代に組合を結成し、ストをも果敢にたたかう公務員労組（現在一五万人）を訪ねました。

まず、気づくことは幹部が若いことです。出迎えてくれた人々は、いずれも三〇代から四〇代が中心です。この日の対談では委員長が不在で、聞けば逮捕されているとのこと。並ぶメンバーも「逮捕歴あり」とか。

ようやく、昨年一二月に公務員労組法が制定されたものの、この法律は憲法に反し、結社の自由を損ない、公務員労働者の労働基本権を著しく制限するもので無効であると闘っています。労働三権の確立が要求です。彼らも「ロドンサンケン」と言います。

また、民主労総は韓国で増加する非正規労働者の待遇改善に全力を上げており、本部ビルには「非正規労働を廃止しよう」の垂れ幕が唯一かかります。労働者一五〇〇万人のうち、八〇〇万人とも言われる非正規労働者の待遇改善は、「私たちの中心課題」と明快です。さらに、この課題では韓国労総（日本で言えば「連合」にあたるでしょうか）との共同も実現しています。

ちょうど、この日は軍による血の大弾圧を受けた「光州事件」二五周年の日。光州の民衆が時の軍事政権に対して戒厳令撤廃を要求して蜂起し、「光州の勇気と犠牲が民主化の火花となり軍部独裁が倒された」と、大統領が式典で称賛したとテレビが伝えていました。

とにかく熱く燃える韓国。学び、励まされる旅に「カムサハムニダ」。

「かわいい女」から「セレブ女」になる秘訣？

——2005.6.24

本屋さんにこんなコーナーが設けられていて気になりました。「愛される女になるため」(?)シリーズともいえるコーナーには、次のような調子の題名の本が並びます。「愛されて、お金持ちになる魔法のカラダ」、「愛されて、お金持ちになる魔法の言葉」、「かわいい女・六三のルール」、「相手の心をトリコにする秘密の心理術」と続き、極めつきは「デキる男がハマる女——金持ち男を手に入れる悪女のテクニック」と。

これらの書籍は、いずれも「金持ち男にいかに取りいるか」、「そのためのテクニック」ということに収斂《しゅうれん》されているようです。これが、現代を生きる女性の最大の関心事とは、思いたくはありません。逆に「可愛い女性」、「男にとって都合のよい女性」づくりへの誘導と作為さえ感じます。

さらに、最近「セレブ」という言葉もやたら耳にします。著名人や有名人などを指す「セレブリティ」から「お金持ちになること」、「上流社会への仲間入りを果たすこと」などの意味にまで広げられ、そんな生きかたが煽られているようです。

たしかに、人生を誰と、どのように歩むかは「幸せ」を考えるうえで、大きな要素かもしれませんが、書店に並ぶ書籍やテレビなどが煽る「生きかた」の根底には、「女の幸せは、男次第」と思わせる狙いがあることは確かです。

そんな生きかたではなく、女性の自立を求め、一人ひとりが人間として輝く生きかたに「幸せ」を実現する女性史があり、それが現代に活きていることを若い人たちに私たちが伝えなければなりません。

指定管理者制度での「民主」の二枚舌

——2005.8.4——

「公」の施設の管理運営を民間業者にゆだねる指定管理者制度の導入へ、「設置・管理条例」が「改正」され準備が進められています。

この条例改正を受け、選考基準の策定、募集へと進められていきますが、これが、今日まで公の施設の運営に当たってきた公社・事業団職員の雇用問題にも繋がる重大問題であることは明らかです。

そもそも、この制度は県民の文化やスポーツ要求などに応えるために建設されてきた施設を民間業者に「丸投げ」するに等しいものです。「業者」にすれば設備投資の必要もなく、場所を利用して儲けるだけ儲け、さっさと引きあげることが許される「こんなおいしい制度はない」というものです。

県は、組合との交渉を受け、対象となる六三施設について一七の施設を「公募」に、四六の施設は「非公募」とすることとしました。しかし、この県の方針に対し民主系の「県民ネット」が県議会で「直営施設も含めて指定管理者制度を導入すべきだ」、「非公募七割は多すぎる」など自民党以上の民営化論を展開し、すべての議案に「公募とする」との条例修正案を提出しました。

このことには、関係の職場から驚きと怒りの声が出されていました。たしか、この会派の代表が、自治労県本部が主催する「雇用を守れ!」という決起集会に駆けつけ、激励の挨拶を行ったという「自治労県職」の自慢げな報道を知るからです。「あれはなんやったの?」と。

この「会派」と自治労に「無責任、二枚舌」との批判が起こるのは当然です。

ローカル・テレビ局「BBC」への注文

——2005.10.13

街を歩けば金木犀の香りがほのかに香る心地よい季節。びわ湖を一望する高台にある、びわ湖放送を訪ねました。同社の報道姿勢について改善を申し入れるためです。

現在、この放送局に親しみや愛着を感じたりする人は、少ないのではないでしょうか。それが、開局三五年になるこの放送局の現状です。

この放送局には県の広報番組で年間二億五〇〇〇万円の委託料が支払われ、一億円近い出資金が投入されていることを知る人は、なお僅かでしょう。

県民に愛されるテレビ局というよりも、「県のお抱え」放送局という印象を持つ人のほうが多いのではないでしょうか。

それは、放送の姿勢や編集方針にも問題がある、というのが私たちの認識です。県の広報番組は目立つものの、県に都合の悪い運動や声は放送せず「県の機嫌を損ねない」ものになっているのではないかと考えるからです。

びわこ放送が公共の電波を預かるマスメディアであるかぎり、しかも県民の税金によって支えられているだけに、こんなことは許されないはずです。

例えば、県民のなかに大きな不安や問題を投げかけた県立高校普通科の全県一学区制や、県立中学校の歴史教科書問題での報道はどうだったでしょう。また、福祉切り捨てが進むなかで、これに抗議する障害者の声や新幹線「びわこ栗東駅」をめぐる住民運動に関しても、県民全体で考える視点の報道がどれほどあったでしょう。

「どうせ、ＢＢＣだから」とのあきらめがあるなかで、もっと県民の声に寄り添う感性と視点を、との申し入れでした。政治や権力と報道のありようが問われている時代だからです。

これでもまだ進めるのか「官から民へ」

――2005.12.15――

今年一年をふり返って、明らかになったことを考えてみます。

まず、四月に起こったＪＲ福知山線・尼崎での事故です。一〇七名もの死者を出す、列車事故としては史上最大規模の惨事となりましたが、この事故を通じてＪＲの「利潤第一主義による人減らし・合理化」と、これと表裏一体で進められた「成果主義の名による過酷な労働条件と労働者いじめの労務管理」が問題として浮かびあがりました。国民の生命を預かる公共交通機関に「民」を導入した結果がもたらしたものであることは明らかですが、マスコミも含め、この点での批判と検証はありません。

もう一つ、年末にかけて明らかになった耐震強度の偽造による違法建築問題です。マンション住民はもちろん周辺住民も含め、重大な被害と不安を広げています。建築確認事務の規制緩和と民営化に反対する私たちの声や、国会での共産党議員の追及を無視して導入された結果がこれでしたが、この事件に関しても、マスコミ報道は「関係者の責任のなすり合い」批判が中心となっている気がします。

一連の大事件は、改めて「官から民へ」の流れが何をもたらすかを示していますが、「構造改革」神話に取り憑かれた人々には見えない本質なのかもしれません。

「公務と民間」、「都市と農村」、「高齢者と現役世代」、「正規社員とパート」などの間に対立を煽りながら進められる改革が、「認め合い、支え合う」という人間らしい営みをも壊して、「強いもの勝ち」の荒んだ社会をつくり出していることを知らなければなりません。

あとがきにかえて

私が滋賀県職員組合の委員長に就任したのが、一九九四年でした。以来今日までの一二年間、組合の機関誌『県職ニュース』のコラム欄「くもりのち晴れ」の執筆を担当し、およそ一か月に一回のペースで、その折々のさまざまなことを、思いつくままに書きつづけてきました。また、滋賀自治労連の機関誌『自治体しがの仲間』にも「京町3丁目」欄を連載してきました。

「くもりのち晴れ」は、途中スランプに陥り、まったく書けなかったこともありました。「京町3丁目」は、いつもギリギリの締め切りに追い立てられての執筆でした。いずれも、読み返せば恥ずかしくなるようなつたない文章ばかりです。この拙文に長い間あたたかくお付き合いくださった組合員の方々や職場の皆さんには、感謝申し上げなければなりません。

それなのに、それをまとめて出版するというのですから厚かましいかぎりですが、もともとは、「私の生きた証《あかし》に〝棺桶の土産〟にでもなれば」といった程度の動機から思い立ったものでした。

この本の企画・編集・出版にあたっては、〈いりす〉の松坂尚美さん、信楽の作家木下正実さん、Ｂｅ企画の長谷川恭市さん、萌文社の谷安正さん、そのほかの方々に、たいへんお世話になりました。

カバーと表紙は、長く湖北町で共産党の町会議員をしてこられた柴辻嘉平さんの作品――私が愛してやまない故郷長浜の街並みと伊吹山の美しい絵で彩っていただき、題字は書家の吉田和夫さんが麗筆をふるってくださいました。帯には「滋賀・九条の会」の近藤学先生に〝過激な〟推薦の言葉を頂戴しました。さらに、私の敬愛する岡本厳先生と自治労連の駒場忠親委員長には身に余る言葉とともに、お二人の才筆による秀文で巻頭を序していただきました。皆さんに心から感謝いたします。

年月の積み重ねと多くの皆さんの好意に支えられて、ともかくも一冊の書を世に出すことができたことは、私にとって望外の喜びでもあります。

そもそも、この「くもりのち晴れ」という表題は、私たちの運動が直面する困難も曇り程度のものという〝強がり〟と、いずれは晴れるという〝希望〟と、社会進歩への〝確信〟から名づけたものでした。現実社会の天気には、なかなか晴れ間が見えてこないような気もしますが、〝いつか晴れる〟と希望を持ち、歩みつづけたいと思います。

県内の高校を卒業して滋賀県庁に入職してから、およそ四〇年余りになります。この間、県の職員として働き、あわせて自治体運動にも携わってきました。ふりかえってみれば、長い年月を、多くの仲間に支えられ、歩みつづけられたことは幸せでしたし、多くのことを学ぶこともできました。

なによりも、「びわこ空港」反対の運動や新幹線「びわこ栗東駅」建設の是非を問う住民投票を求める運動のなかに身を置くことができたのは、私にとって喜びであり、誇りでもあります。ひき続き県民の皆さんとともに住民自治の前進のために力を尽くしたいと思います。

二〇〇六年三月

辻　義則

辻　義則（つじ　よしのり）

1947年３月　滋賀県長浜市に生まれる
1965年３月　県立虎姫高校卒業
1965年４月　滋賀県庁に入職。以降、県教育委員会事務局総務課を振り出しに
　1987年　児童家庭課、児童係長
　1989年　公衆衛生課、水道係長
　1991年　林務緑政課、専門員
1971年１月　県職員労働組合が当局の介入により「分裂」
1974年　県職員労働組合（略称、「県職労」）の本部執行委員に就任
1976年　「県職労」の書記長に就任
1978年５月　滋賀県職員組合へ「県職労」と「県職組」の労働組合が統一
（新）滋賀県職員組合の書記長に就任
以後、財政局長、副委員長などに就任
――1989年11月　右翼再編に抗して「連合・自治労」と決別――
1994年３月　県職員組合の委員長に就任
1994年10月　滋賀県自治体労働組合総連合（「滋賀自治労連」）の委員長に就任
1995年３月　県職員を退職・離籍役員となる
2003年９月　滋賀県労働組合総連合（「県労連」）議長に就任
現在に至る

くもりのち晴れ

2006年４月20日　初版１刷発行 ©

編著　辻　義則
発行者　谷　安正

発行所　萌　文　社（ほうぶんしゃ）
〒102-0071　東京都千代田区富士見１－５－12　ネモトビル
TEL　03-3221-9008　FAX　03-3221-1038
Email hobunsya@mdn.ne.jp
URL　http://www.hobunsya.com

企画・制作　い　り　す
〒162-0842　東京都新宿区市谷砂土原町３－３－201
TEL　03-5261-0526　FAX　03-5261-0527
Email irispubli@ybb.ne.jp

印刷・製本　モリモト印刷株式会社

ISBN4-89491-104-3